游戏自黑暗

李奕樵 著

九州出版社

目 录

卷 一 其 外

猫箱 / 3

Shell / 13

无君无父的城邦 / 51

卷 二 其 内

另一个男人的梦境重建工程 / 79

火活在潮湿的城 / 115

游戏自黑暗 / 143

神与神的大卖场 / 187

代 跋 小说家与小说家的大卖场 / 199

卷一

其 外

猫箱

海岛东北冬天水汽弥漫,用手往墙上一抹就是一片湿冷。吉他音箱松软,音色沉重郁滞。连把木椅从餐桌下拖出时,声音似乎都硬是黏了一些。在此地的一切仿佛都会更容易腐败消亡,借着那些水汽。

就我记忆所及,母总是痛恨我与父相似之处,所以说起来我的人格该是与父相近才是。喔,姐也常被这样指责,袜子都乱丢别跟你爸一样好不好?弟也是,成天打电动功课都还没做不要跟你爸一样好不好?其实父是不玩电动只下棋,但对母来说那都是类似的东西。

总之我们在很小的时候就都学会鄙视父,其他人认为父没架子,我们就认为他软弱;说父信任我们,我们就说他放纵。当父每晚从医院归来时,我们会很酷、很成熟地对应(嗨爸你今天没有值夜班吗要不要一起来对发票)或关心

（爸你累了吗没关系你可以用浴室因为大家都洗过了）。至于我们心中的那些疑惑不平，跟弟弟吵架祖母偏袒弟弟乃至于对人生未来与志业的茫然，就都放在心底自己解决了——母是我们欲证明自己能力的对象，而父的心智我们又不信任——在讨论我们心目中某些重要决策的时候，常常就是姐弟间交换一下意见、呈报母与祖母等待决策，最后通知父我们决定怎样怎样，父也总是说你们好就好这类句型的话语。

举例来说，姐中学时决定养猫大概就是这个光景。爸，姐想养一只猫，我们都讨论过觉得还不错，我说。好好养就好，父说。

然后我们才发现父其实是痛恨猫的。当辗转难眠时他怀疑有跳蚤，看到木质上漆的房门自膝头高度布满垂直爪痕时皱眉，当然还有隐隐然排泄物的气味、与猫身同等自由遍布全房的猫毛、偶尔发情似的深夜叫唤。我们会同情他的深深叹息，也会试图改善，买驱蚤项圈、猫抓板，设下新的猫砂清理制度，让厨房与父的寝室从此永远成为猫足禁区。我们认为仁至义尽了，剩下无法解决的大概就是畜猫者的原罪，本该忍受。

母依旧拥抱亲吻依旧斥责一段好长好长的时间，而我们深信一切都是母给予的，住处是母拣选的，祖母是母邀来的，衣袜鞋帽各式才艺补习班，还有应恐惧事物的清单——虽然是透过她的主观反应——口臭不好虚伪不好软弱不好没有爱心跟环保观念不好像你爸那样不好……若不是爱是不可能如此的吧？我们获得如此多的指引如光，我想，无以回报。

在母离开之后，祖母度过任性、暴怒、疑惑的阶段之前，我曾经想追索自己身世的上游、家族的记忆，我试着让祖母回忆父与母之间的情史，或者假借学校历史课需要做"二二八"报告之名来索求有关祖父的一切资讯：爷爷以前是做什么的？爸那时五岁所以他都不记得了是不是？为什么他只是在糖厂工作会被怀疑？而祖母总是沉默，也许不知该说什么，或者觉得受伤。我无法确认，所以也就停止追问。也许祖母已经不知道该对我说什么了，我对此无能为力。而我就这样任凭祖母从回避我的视线，一直转变到每日出门前的空洞瞠视。不知道在背负诸多回忆的祖母与遗忘一切的祖母眼中，我看起来是不是会有些不同？

母不忘在佳节或各人生日来信，我们不总是让父知道。姐到台北读书后，收信的任务就落到我与弟的头上了。数个苍白潮湿的早晨，我跟弟就这样在祖母无言的注视下拿着拆信刀坐在地上拆开一封又一封的秘密言语。在白光白信之中，我总暗自揣想祖母眼中的世界，我跟弟的世界此刻看来是很美好的吧？弟总是保持愉悦微笑的，以一种内敛的方式对祖母炫耀该刻的满足，像孩子对另一个孩子："阿嬷，是妈寄的信啦。"

受到人口外流与新的医疗中心影响，医院的收入一年比一年少，收不到新的医生跟病人，只能不断加重现有医师的值班时间跟删减薪资。父的值班时间几年前就到极限了，月俸倒总是首当其冲。还好家里的消费习惯本就单纯，母离开以后，甚至只能称为单调，家里的毛毯棉被上衣图书就是那些，不更多也不更少，只要打开自己的寝室，就可以随性捡起一把童年夜梦。晚餐弟能处理，照顾尚可自行行动的祖母也不甚难，顶多就是换纸尿布吃饭洗澡吃药，工作量对已届成年的我们来说还可负荷，所以没请看护或是外劳。

结实的桧木床板加上薄床垫硬枕头，每夜我躺在床上都能听见自己的心跳，穿过层层组织骨骼肌肉脂肪之后居然还能如此清晰，那不应属于苍白纤弱肉体的强壮笃实，我总因此落差觉得美幻温暖，并依此构筑进入自己与未来的情人缠绵而我聆听对方心跳的情景、编织情话。而弟就在房间对面另一张床上，一样的坚实床具组合。我从没问弟是否也有类似的感受，不过应该不需要吧，这不是疑惑。我们不打鼾，不磨牙，不做多余交谈，无声黑暗中，只有心跳在各自的床板。而我耽溺其中。

父为祖母买了助行器，单手四足的那种，也给祖母戴上写有家中成员联络方式的名片，让祖母可以自己出门晒晒太阳，当然我们不会让祖母自己出门，只是我们总有都不在家的时候。

祖母迷路几次，不过社区的人大多认得，总能带她安全归来。我跟弟熟能生巧，有时等父回家才告诉他，阿嬷今天自己跑出去，所以有晚一点回来喔。然后父会说，喔？这样啊？你觉得请一个看护有没有帮助？接着我们可能会说，太贵太多余而且也不真具防止类似事件发生的功能看看医院里的那些护士就知道啰，再加一道锁可能还比较有用。

父大概就会加一道锁。

每次天气好的周末带祖母出门，我或弟就会带一本书跟在其后，随之坐在社区公园长椅看众生百态，或带一种潇洒的自觉阅读，直到夕阳西渐，我们会领祖母起身返家，而祖母总会全程瞪视着我，面容僵硬，仿佛冒险初涉人世，或有什么即将要说出的话语在我体内。若是弟多会微笑，以话语对应。我则沉默以手牵引一切。有时会被同校同学认出，双方就说些应场面的搞笑浑话表达善意，当然内容都刻意忽略祖母的存在。

我与弟的泰半中学生涯就这样度过。弟对猫的溺爱有增无减，很快所有关于猫的工作都由他负责了。猫一直没死，八九个年头过去了。我本来以为宠物本应是一种生活短暂的幻影，看着它们出生，很快迎接它们死亡，让人说"啊这就是生命啊"之类的感叹的存在。但猫在我眼前一直一直行走、跳跃、磨爪、搔痒、掉毛，在弟怀中与祖母一同陪弟拆阅母的信。那些毛依旧随着湿气粘在各个角落，虽然许久之前就不再沾黏祖母的衣物了。遗忘与空白能在人世行走如此漫长。

暑假祖母真正失踪的那天，我们并不确定究竟是父前晚值班前忘了锁门，还是我们睡前检查出了差错，又或者祖母终于在如此漫长的时光内自行领会了（或回忆起了）开抽屉拿锁解开大门两道锁的技术，总之祖母倚着闪耀冰冷金属光芒的助行器一步一步将自己连上一个旅程。我们从上午找到午夜，中间弟只为了拿手电筒回家一次。父联络派出所，弟跟我制作用来贴在社区公布栏的公告，赫然发现，那些和蔼眯眼害羞咧嘴的照片都已不像祖母了，甚至陌生。

姐说要跟店里请假回来，父与我都说不必。弟在市区内绕来绕去，我则是一直待在社区公园的长椅上，说服自己相信也许祖母会走回这里。母的手机时常更换，也不用电脑，这些事我只能用信纸传递了。已经考上大学的我暂且没有课业压力，整天待在那里书写跟阅读，有种不事生产的背德快感。

祖母失踪的第三天，因为类似腐败老鼠尸体的气味，在抱怨之下引来社区清洁人员的搜索，不可思议地就端正平躺在我所待公园长椅左后方，约莫三四米距离中的灌木丛里，那些浓烈的气味我居然完全没有知觉。我想去看祖母，旋即被社工拦下。一个好奇的劳工刚从那里出来，也许是弟的朋友吧，曾见过她与弟交谈，此刻也告诉我，不要看，很可怕。有很多虫吗？有蜈蚣吗？我问她，她没有回答。我看到一个与我同龄的男性，爬到围墙上，双手将相机举过头顶，试着对准祖母的方向按下快门。此时我才发现，祖母金属助行器的一角在树丛的缝隙中闪耀，它还直直立着，靠那四支对称短小弯曲的脚。长椅上的我只要一回头便能瞧见那细小的金属光泽，但这几天来我从没这么做过。

是忘了回家吃饭才饿死的？时间到了就想找个地方睡就跑进去了？下午，我听到社区管理员跟警察的讨论。黄底红字的胶带拉起，围住树丛。弟见到坐在长椅上的我，只是抱一下我的肩膀，叹息。父请来的道士高举招魂铃，一路以刺耳程度摇响，一路叫唤，我才跟着队伍返家。祖母不是基督徒吗？我突然问弟。弟说那不重要，就又抱住我的肩膀走了一段路。

告别式前夕，我思索要写什么样的信给祖母，便在房里随意走动，打开父的房门时，望着那张有棉被折叠整齐的双人床，我才发现好多好多年没有看到父下棋了。母跟姐都回来帮告别式的忙，而母跟她的第一封回信是同一天到达的。会场中父曾经一度重心不稳，母即时一把搀扶，这个画面让我印象深刻。

等到一切都结束了，我也开学在即。动身那天，弟还在睡时我就起来了，一个人坐在床上看着那些多年不变只是褪色泛黄的吊饰、壁纸、桌灯、被巾、床垫、书柜桌椅想了好久。

我离去之后，家中收信的大概就只剩弟一人与猫了。看着熟睡的弟试图想象那副光景（弟是早就预视到了这一年才特意与猫亲昵的吗？），我注意到猫此时并没有睡在弟的床上。为了不吵醒弟，我尽量轻手蹑脚推开房门，无声寻觅猫的踪迹。宜兰一年降雨量最低的月份已经过去，显然昨晚也是落雨了，四处都泛层薄薄水光。赤足的我在地板一路留下前半足迹，来到客厅，想借客厅至大门外景物的透明等级来判断潮湿的程度。

就在那杂物随意置放，空气一片冰凉的客厅，我发现了父。父独自蜷曲缩抱在客厅椅上，两脚并拢，双手扣肘平放在膝头，额就顶着手腕，整个上半身就像一颗球。

"爸？"我轻唤。没有回应。

我听到父的方向传来一声细微的叫唤，是猫。我走近看，发现父怀中的正是猫，看来它也如同父一样端正缩坐在父腿上，那双明亮的眼睛正从父肩与颈的空洞中望着我。父没有触碰或是紧抓猫，只是用自己的肉身围起。我犹豫一下，将手按上父的背。

氤氲，寂静。日光苍白来自四周窗门，令人无所遁逃但又微弱。虽然这是看电视的位置，但电视没开，只在那里做一个黑色的存在，在那开关之后会有许多热闹音效与色彩，还有必然伴随的阴极射线管嗡鸣，无论何者都太喧嚣。父没有回应我的触摸，白色的衬衫底下，没有振动、抽搐或类似的肌肉活动。

"爸，我要走了。"我说。

这张椅子祖母也时常坐着的。因为那些照片，这么多年来这里曾发生的一切，终究有些能带有木质的温暖香气，或新贴壁纸的宁静喜悦，只是需要专注才能回想起来。或许有些遥远了，但只要专注，我就能回想起来。我尝试。

我尝试，也做到了。只是另外一些存在太过巨大，如雾湿黏挥之不去。猫一直没有试图钻跳出来，虽然父的围绕有诸多空隙，我不确定那是不能还是不愿。我想试着多说些什么，但最后还是什么都没说，只能在猫的注视之下，苍白潮湿的空气中，继续让手停留在那已不算宽厚的背上。

Shell

韩国 MBC Prime League 一直被认为是营运最为完善的魔兽联赛之一，众多魔兽高手的参与、电视台的直播、解说员的激情与热情的观众……就在 MBC PL5 刚刚结束，PL6 的预赛即将开始，所有人都准备再次投身到新的战场时，昔日的兽族领袖 DayFly 却爆出了惊天新闻——MBC 操控比赛，这则新闻绝对是一个巨大的冲击，不仅对韩国的魔兽未来产生重大影响，而且对整个魔兽界来说都会产生波澜。

黑底白字的指令列在我眼前静止，荧幕最底下显示"No manual entry for shell"，游标以无机姿态冰冷闪动。没有入口，无法进入。K 的话语在我脑中挥之不去：可以想象成缺脚的钥匙打不开门，老师。喂，K，我此刻是连锁孔都找不到，连门都找不到耶。

但身后的K沉默不语，眼看我独自沉思与尝试。

老师，在指令界面下输入指令时，大小写是有区隔的。差一个字母系统就认不得了。K曾说。

"系统认不得我的指令，会发生什么事吗？"man不能打成Man，也不能是mAn。我暗自记下。

就什么事都不会发生。

"听起来不可怕嘛。"我说。

喔，是啊，K说，不过如果你真的想从无到有地编译建造一个系统，你就会不断地触碰到类似的问题，然后理解这件事有多可怕。

"怎么说？"

系统正常运作的时候，你是不会意识到的，就像生态圈、社会、文化系统之类的东西，它们其实是紧密运作的，只要其中一个环节出问题事情就大条了。整个系统的意义消失，简单来说就是形同瘫痪。

"其实我一直不懂底层系统是干吗的。"

真要解释运作内容还蛮复杂，大概就是可以妥善分配任务，榨干硬件效能。让你的硬件能动，有个提供软件开发的界面，让你可以写入或删除档案，或安装软件。

"喔。"

你如果去仔细检视每个软件，你就会发现所有那些功能，即使是最阳春的像是贴上这个指令，都是一个以明确目的写出来的小程式。复制或联结那些也都是一个个独立的小程式。

"那'man'呢？"

man 也是一个独立的小程式，就是 manual，手册。它是用来叫出每个小指令的使用手册的程式。如果你想查 make 这个指令的用法，就打"man make"，接下来荧幕就会跳进 make 的使用手册。

"那 shell 这个指令呢？那有什么含义吗？"

不，不存在 shell 这个指令。好吧，至少真正实作出来的程式不会直接用这个名字。shell 是壳，是作业系统里的一种概念，它被叫作壳的理由是因为它是"包装"其他抽象存在的东西，也就是界面。精确点来说，你现在见到的 shell 形式是 command-line interface，指令行界面，与此相对还有其他形式的 shell，像是图形化界面也是一种 shell。封装在软件世界的各个层级都存在，但习惯上只有为最终使用者封装的，最外层的那一部分，我们才称为 shell。

壳与界面的意象还蛮接近的。都是包住什么在里面，而外面的人只能看到它。你只要一登入就该进入，所以一般的使用者可能从来都不需要执行启动 shell 的指令，就像你不会在公寓电梯楼层表上面看到电梯的总电源开关一样。

再来，因为 shell 是个很重要的概念。所以反而不会有严肃的专案真的用这个名字。可能有 bash、zsh、fish、mosh，但就是不会有 shell。没有一个被爱的人会被取一个名字叫"人"，也没有一条被爱的狗会被叫作"狗"。

所以一般的电脑打 man shell 是不会出现任何东西的，当然一般人也没有理由这么做。

"除了被那个工程师动过手脚的系统。"

对。

"那如果没有 shell 的话呢？"

喔，这真的是个假设性的问题。不过你可以想象，荧幕还是荧幕，键盘还是键盘，那些程式也都还好端端地躺在硬碟里面。不过你就是啥事都不能做了，甚至连关机都办不到。你可以敲键盘，但是就算打一万个字，系统还是什么都听不到，半个字母都听不到。也许它冰冷空荡地等待，也或许它正在一个错误的回圈里疯狂燃烧它自己的所有资源。但它听不到。

我输入"man man"，就轻松地见到那些工整理性而且充满善意的建议。我按"q"退出，回到指令画面，然后又输入"man man"，进入、退出、进入、退出、进入，屡试不爽。然后我输入"man shell"，得到的回应就是"No manual entry for shell"，壳的手册入口不存在。

信居然不在这里。

大家好，我是 DayFly。我在苦恼了许久之后很艰难地写下这篇文章。真的不知道应该从何谈起，希望大家能够理解我此刻的心情与感受。在继续下去之前，我对上天，对自己的良心发誓，我所说的都是事实……（中略千字）……我有去过 MBC 看比赛，那天是 ReX.Romeo vs. FreeDom 的比赛，同时那天也是我的生日。

本只是胖子鸡爷跟小绵随兴所至的提案，随着 M3C 赛程进行，大家投入的程度超出当初预期。不过等到每周六晚上都会有自愿专门人员负责外接荧幕线，协助挤不进比赛寝室的人群观看比赛现况时，我们才真正理解状况失控的程度。

"阿勋，今天也来指点一下明灯啊！"那个自愿处理外接荧幕问题的化学系同学，发现要上厕所的我跟阿勋，远远在走廊那头就喊了。

阿勋比了 OK 的手势。

M3C，指的就是男三杯，虽然没人这么讲过，不过你可以理解成"男子第三宿舍电子竞技"，一个让全男宿两百人左右的住户自由报名参加的电玩比赛。提案人跟他的室友们（包括我）都一致认为这是个毫无意义可言的活动，没有联谊价值，没有学习价值，没有利益——没有奖金，这种东西不用说，就算得了冠军也只是会在外面吃晚餐时被撞见的同学指指点点说宅。

团队比赛项目包括考验默契的《魔兽三国 Dota》、千军万马节奏紧凑的《帝国时代 2：征服者》、第一人称跟着队友拿着枪狙杀对方的《反恐精英》。个人比赛项目则是《魔兽争霸 3》。都是历经时间洗礼的好游戏，也都一度是台湾常见的比赛项目。

"开始了没有？"我回寝室拿零钱准备等会的消夜赌盘，再走回比赛寝那楼，已是人满为患。我跑到外接荧幕那里，也看不到荧幕。

"刚刚在吵版本问题，现在因为 lag 要换主机。"完全不认识的高个子同学回答我。

"有消夜盘吗？"

"想赌的话，我跟你。yclou 没二比零 godwind 算我输。"

酷。

然后比赛寝那头突然静下。看来新的主机已选好,比赛要正式开始了。所有人都望向荧幕,还有就站在荧幕旁,负责调动游戏内中立观察画面的阿勋。如果现在是二〇〇四年,在这个氛围下你会以为台湾的电竞产业真的大有可为,搞不好还会出一个像是韩国第五种族 Moon 或是荷兰兽王 Grubby 这样子的伟大选手。

几天后我在 WEG[1] 选手村与 Moon 一起看 VOD（MBC 四强赛 Romeo vs. FreeDom）。Moon 自言自语着看,我虽然去了现场,不过却没有仔细看比赛,所以也陪他一起看。Moon 他边看边说"兽太强了""你看都不费血",我也感觉到似乎兽族在某些地方强得奇怪。虽然 Moon 只是那么随口说说,不过我却想到了有可能是在地图上做了手脚。

从补习班辅导员到家教,我越来越确定自己并不是个为人师表的料。即使没有人在意,我还是觉得自己辜负了这些男孩或女孩。倒不是因为那些与情绪角力的过程,或是某些若当真才会心惊的语句,只是时间实在是太

---

[1] WEG：World E-sports Games,由韩国电视媒体 OnGameNet 主办的电子竞技大赛。

少，我想对任一个孩子说的都太多太多了，结果总是字句充塞喉头无法张口。任一个都一样，每当他们有多于书本外的疑惑，我的内心也就跟着翻腾起伏，虚假的承诺跟虚假的斥责我一样都无法给予。我知道这是僭越的、被包装后的奢侈自私念头，所以半年前，就决定将这些工作告一段落。那些我不肯收下，却被偷偷丢进背包的小纸条或卡片，都跟其他杂物一起收进抽屉里。

大部分的学生都是张太太介绍的，我特地登门感谢她过去热心的协助，跟她解释，今年的课比以往重了。张太太也不甚介意，其他有热忱的学生毕竟不在少数，但有个家长坚持要我这个校系的学生，暗示我再考虑考虑。被指名加上带了点还人情债的意味让我自我感觉良好，我就决定将这视为最后的工作了。那就是K。已经对沉默熟练、聆听时带着锐利眼神的K。

就在我们见面的第一天，我便发现K有一种几近特殊的能力，可以完善地控制并隐藏自己的情绪，让我得以专注于纯粹知识逻辑的流畅传承。很快地，我们完成当天预定的进度。合眼后靠在椅子上时，我莫名有种处在平静空旷草原的感觉，少了那些挣扎，居然一时不知道该想些什么。

"老师，如果你很累的话，可以躺在床上休息啊。时间到了我会叫你。"K 说。

"不，我不累。"我连忙说。

我听到 K 带笑意地说："那等下陪我玩。"

"电动？"

"不是啦，家里没有游戏主机。"

"这里不是有电脑吗？等下我帮你抓一些，如果你想要的话。"那是一台铝壳的小型桌上主机，几乎是完全的平滑，上头没有标志，吸入式光驱也只留下一条黑缝，远远看过去就像一只银色的石碑。

"真的吗？不过我是用 Linux。"

K 的父亲是刻意的吗？若是那还真彻底。我想了想，说："我下次带我的 NDS 过来。"

"没关系，在学校就可以跟同学玩了。倒是家里的这些，平常很难找到爸爸以外的对手。"

这样啊，那就好。我想。

几天后我找人帮忙拿到了那场的地图与 Replay。而更让我感觉奇怪的是，从 PL5 第四周开始，每轮都单独有不同的比赛地图。我想不可能每周地图都有问题都要换，所以想打开地图看看，却发现是被加密过的。我找人帮忙解密后，没想到竟然发现了这种荒唐的事情。从第四周开始的比赛大部分都被操控了(约为70%),其中被做手脚的地图中各种单位的能力都被调整了。我暂时不公开地图与Replay,不过暂时拿出一个例子让大家看一下……(后略千字)……

其实我对yclou跟godwind的胜负根本没有兴趣。那些一切不利落而不足以追上意念的都可称为业余,我只是想看阿勋的表情会不会比平常多掺杂了一些什么。但此时才发现自己的意图是愚蠢的,不是房间里泛黄的光调,也不是静默专注的头颅挡住视野,只是阿勋早在我之前就了解我的意图,早我一步知道我将会有什么样的渴望,知道我们这种人渴望看到什么。那样子的敏锐是在那个世界磨炼出来的。

但阿勋从来没有跟我们讲过他以选手身份去北京参加WCG[1]的事,我们甚至不知道他也是个玩家,即使我跟学长已经在他面前捉对厮杀、看职业比赛转播或录像大发议论了整整半学期之久,其中甚至还有他出场的录像(那ID一度是我们谈论的对象),不过阿勋对这些从来没说过一个字。我们也完全没能料想到,知道阿勋国标舞跳得那

---

1 WCG:World Cyber Games,由韩国的国际电子营销公司ICM主办,面向全球的电子竞技大赛。

么热衷的人，应该都很难将他跟电竞选手的身份联想在一起。

自从知道阿勋的这个身份后，我们之间反而多了一些透明的什么，隐隐阻隔扭曲我或者他的话语。

这件事正如我上面所说的，据我调查均为 Chang Jae-Young 自己操作的，如果 MBC 的其他人不会受到伤害就好了。公布这些世界上不合情理的黑幕，许多人都会受到伤害，我很难做出这种决定。我也不知道 MBC 的 PD 以及相关人士是否会因为这件事受到处罚，更不知道 MBC 的魔兽联赛是否还能存活……如果那样的话我心爱的魔兽选手们……也许还会波及到更多我无法想象到的地方。不过我还是抱着让尽量少的人受伤的虔诚的心愿来公诸于众。

K 有着各式各样的博弈游戏，大部分是木制，质感良好，常见的象棋不提，许多都是我从未见过，也叫不出名字的。像是一个四乘四乘四的立方宾果，或类似孔明棋却以互相歼灭为目的的游戏。在我为 K 家教的时段，K 的父亲总是不在家，所以整户除了 K 跟我以外就没有别人了，虽然四房一厅二卫的居住空间也没能大到哪里去，但为了省电费,只有去的时候K才会将那里的灯打开,离开之后就又把灯关上了,所以客厅、餐桌、厨房、走廊……这些在K小小门外的空间,都是处在黑暗之中。在那些黑暗里面没有猫狗,没有水族箱,没有植物,没有声音。每当我要跟K挑战一个全新的棋类游戏,我们才会到客厅,打开温黄的灯,开始对弈,推演一个个抽象无色的可能性。

我们将桌巾上的其他东西如黑石烟灰缸都先挪到一旁,好摆上棋具。K家中的装潢品味实在是典雅浪漫,我光是坐在这布质沙发上就觉得自己的人生有某部分的缺憾已经被完成了,我无法理解是什么样的心灵才能有这样的空间布置品味,那一直是我想追求的。

K也一样,K将自己控制得如此适切,一般人即使话语没有表达什么,动作、眼神、肢体都还是会有一种杂音,但K这方面是完全协调的,不是诚实,那没有技巧可言。这个孩子的界面好人性化好卓越,我想,没有多余复杂的选项跟吓人的专有名词,而且反应灵敏。但从那个游戏开始,我就知道有无法预期的什么要流淌出来了。

"老师。"K坐在客厅矮桌的另一边。

"嗯?等一下,我在想。"我正举棋不定。

"我说一个秘密,如果你被吓到,你就输了。"

"噢,别吓我。"我盯着棋盘,想想说,"那如果我没被吓到呢?"

"那就换你说一个。"

"可是我这个人没有什么秘密耶。"我说。

"没关系,我不知道的事都可以算是秘密。"

"那来吧。"

"……吊灯吊扇、这个红色的木头桌子、壁纸、沙发、那个橱柜、还有地灯,都是我妈走了以后才有的。本来有电视。"K说。

"噢。"

"你觉得怎样?"

"不怎么样。"

"所以没被吓到啰?"

"我想应该是。"

"那换你说一个。"

"我嘛——"我想了想,"其实被吓到了。"

"老师,你这样叫取巧。"

"嘿嘿,可是你不知道啊。"我说。

"老师你真是太没诚意了,"K摇摇头,"这样不好。"

"我需要一点时间嘛,你看,我正专注在思考嘛,诚意这种东西是需要集中力的。"

"喔,那……"K不知道我是在开玩笑,居然很认真地道歉了，"真是对不起"。

　　我试着不要让自己想太多，专注拨弄眼前无色的纯粹逻辑。如果要下这一步的话会是怎样怎样怎样，如果要达到这个目标的话需要怎样怎样怎样。我无法理解K的母亲在这些摆设中占了什么样的地位，也无法理解K的母亲离开之前，这些空间有着什么样的色彩。那些地方是逻辑无法到达的，无法想象，所以也是无色的。

　　"欸，老师。"过不了几步，K又叫我，不过这次棋在他手上。

　　"嗯？"

　　"我也没被吓到，那还是换我说可以吗？"

　　"好。"

　　"老师，你听过'man shell'吗？"

　　"那是什么？"

　　"一个黑客传说，有一个资讯工程师偷偷在某个作业系统的发行版本内塞了一份不存在软件的使用说明书。只要你找到那个作业系统，输入'man shell'就能看到那个说明书的内容。有人怀疑那是封信，有人怀疑那里头有商业机密，或者只是个搞笑彩蛋。"

　　"真的有人去找吗？"

　　"台湾很多，因为很多人觉得那是封求救的信。"

"求救？"

"嗯，工程师有两种极端，一边是色彩缤纷，婚姻经济内涵都很美好，很多还能通当代文学、艺术或音乐。另一种就除了程式以外什么都没有。有种说法是那封信是从什么都没有的那一端过来的，大部分的黑客都很渴望能再多帮助这个世界一些，简单来说就是有救世主情结。所以他们会想找到这个人，试着帮助他，既然他都把'信'寄出来了。另外一些人就只是想考验自己的能力，像是大型的解谜游戏。"

"既然弄得那么难找，他应该不真的想要帮助吧。"

"也许是因为他已经不能信任那些无法理解他的人了。"

"所以……这就是你要告诉我的秘密？"

"不。"K 笑说，"秘密是我房间的那台电脑。那是个 Server，伺服器。一个简单的 LAMP 架构的 Server。我用那个架了一个专案网站，让世界各地的人一起来找出那份文件。大家回报自己尝试的方向，哪个年份哪间公司哪个专案下出来的哪个版本哪个来源的作业系统，总之尽可能详尽。目前被登记的就有四千笔资料了，很多都还是被复数测试过的。"

"你爸知道吗？"

"他知道，所以现在升级那台电脑的事就由我自己包办了，因为不能随便关机。当初那台电脑也是我亲手组装的，不像其他东西都是父亲为我选择的。"

……（前略）……当我离开魔兽时，我买了五瓶三十年产的 Valentine 酒来向大家告别。那时真的把我当成是亲弟弟般照顾我以及深爱着魔兽的各位，我觉得应该为他们做点什么，而那五瓶酒就是我的礼物。我的心并没有完全地离开魔兽，我想也许有一天我会再次回到我熟悉的世界。我送礼的五人当中有一人就是 Chang Jae-Young，现在想起来真是上火。

其实那时我只要好好待在所属公司都会有钱赚，不过为了准备礼物我花了四百万韩元，几乎是除了生活费我放弃了一切。我想人生中钱并不是最重要的，为了达成梦想需要的是奋斗与向上的精神……（中略）……不仅是我，我的朋友们以及魔兽相关人士都在一个被人耻笑为游戏的词语中寻找着梦想。即使我们没能达成梦想被人比喻成傻瓜也无所谓。但是如果连这点小小的希望都被黑暗吞噬了，那么我想也没有活下去的理由了。

今天的赛程结束后，我跟阿勋带着鸡排到顶楼。小绵、鸡爷跟其他人在另一边吃烟聊天，话题还在 M3C 上绕：力维可以打世纪吗？最好是啦我单手让他五分钟都能赢。不然找机车人，这样还差几个？三个还差一个。化学系刚刚打寝电过来说今天想再排一场。啊物理系的刚出去买消夜啦我哪有办法。化学系是哪队？神奇宝贝吗？3401要被淘汰啰，哭——哭——本来物理系就说要排十一点啊。总之已经太晚没队了等下周吧，世纪都还是预赛随便打啦。规则本来就要遵守啊，版本跟地图怎么可以说换就换。两队都同意就OK啊。废话啊那不同意的话呢？

"好像在做梦。"阿勋说。

我也是。我在心里面这样说。我一直渴望获得那些选手看待这个世界的眼睛，但只看了那些照片、录像、选手的个人资料当然是绝对无法做到这一点的。你只能拼命变强，研究一个又一个数以千计的定石跟原则，每天在公车上为左手拉筋、研究合理的左手指位与热键配置，锻炼每秒下五个指令维持半小时的精神力，培养对多地点复合事件的节奏感，在最后一支箭落在你身上之前的那一刹那点下传送卷轴的集中力，滑鼠落点则是永远要求在正负二画素的误差之间……如果你认真想要打好一场游戏，这些事的重要性你自然会一件一件地都意识到，然后你很快就会触摸到自己的极限，无论肉体或是心智，然后你就会跟我一样，很自然地开始崇拜起那群几乎可以说拥有超能力的人。当中许多人年纪甚至比你小，甚至只花一两个月就进入你花费数年追求的境界。阿勋当年就是这样。

有太多的话想问，有太多好奇，那些我亟欲解开的谜底如今就在我身边，要我不去探测实在是太难了。我的手这辈子大概就只能到这个程度了，我的心智也是，但是也许我还能拥有阿勋的眼睛。

不然对现在的我来说，好多的谜与答案都是混在一起的。孙子兵法军形是故胜兵先胜而后求战败兵先战而后求胜所以会战前要先评估双方军力然后因为大家都是被自己妈妈挤进这个生存战场的……

我一直有种感觉，某些可以回答我绝大部分疑问的真理就在我身边，也藏在我身边绝大部分的事物中，只是我粗糙落后的心智工具无法触碰切割那些表象，也许再专注一些就有机会，但我已经好久无法静下来想些什么东西了。我的心智退化到只能感受感受感受，那些无色的扰动。

如果能够拿到阿勋的眼睛也许就能看得更清晰更深入吧？哪怕只是一瞬间的风景也好。

Q：对魔兽 Fans 说句话吧。

DayFly：相对于星海来说魔兽的市场要小很多。星海的 Fans 们请不要说"果然魔兽是个问题"这样指责，希望能得到你们的关心与激励。只是担心 MBC 相关人士以及魔兽选手们在听到这个消息后的心情，希望受伤的不是他们，哪怕是少受点伤都好。如果事情发展到给 MBC 以及选手们带来巨大的伤害，那么我会为我的选择后悔一生，背负着这种罪恶活下去。

K 抬头问我，老师，为什么学界公认最初的生命形态是细菌？他们是凭什么标准去下定论的？

"嗯？这边有什么问题吗？你可以举例看看，你觉得有资格被称作生命而且更早出现的东西是什么？"

不是早或晚的问题，不过像是 RNA 不就有可能自我复制，有自我复制的能力不也是生命现象的特征吗？

"嗯，也许那太小了。哈哈哈。"

老师认真点啦！

"我是认真的啊，如果与其他化学物质的鉴别度太小的话，也许在主观上就很难认定是生命。如果太小以至于观测或者保存困难，那理论在实物支持上也会相对弱势。"

但这也没有回答为什么不是稍后出现的某些功能更完善的单细胞生物，更原始的太古菌不也被怀疑是其他生物的副产物吗？

"太古菌的确是有争议没错。要知道以化石记录来说的话，蓝绿藻曾单独在地球存在极长的一段时间，长到无法忽视它，而在它之前的记录值得一提的就是太古菌，地质年代差不多早个一亿年，虽然是不是真的那么早还是有争议，毕竟古生物学是门存在未知的学问。"

长到无法忽视是有多长？

"三十六亿年前，而目前发现最早的多细胞化石是十二亿年前的红藻。可以说两倍于地球之后到今天为止的生命史，什么埃迪卡拉生物啦寒武纪大爆发啦恐龙啦，都是在最近五亿年内的事。"

只是这么肤浅的理由吗？因为那是我们唯一能看到的？古生物学不是依附有限证据与臆测发展理论的领域吗？为什么没有更进一步的臆测？为什么 RNA 就不算是生命？

"一定有人宣称了，只是不被主流接受。"

对，那就是我的疑问了。所以问题不在证据，而是我们本来就觉得 RNA 不算生命，即使它可能在特定的环境下自我复制。

"对，那不像生命。你所说的，是在一个养分浓度稳定，而且长期不变动的环境下才有可能存在的现象。那样子的生命太脆弱，没有任何保护，经不起任何一丝细微的环境变化与威胁，是来不及壮大以成为一个新物种的。细胞膜划分了里与外，某些必要的物质如氨基酸等才能被保留，其余的变数如酸碱则被排拒在外，内在环境稳定之后整个系统包含自我复制的功能才能不受干扰……你的疑问就在这里吗？人们其实认为不划分内外就不被称为生命？这能说服你了吗？"

老师，这么说吧。你不觉得 shell 跟生命之间存在着某种隐喻吗？

"什么意思？"

Shell 包住各种指令程式，细胞膜包住 RNA 跟其他胞器，这不是很相似？

"都是一个完整的系统。"

我的意思是，shell 其实就是使用者的界面，对不对？shell 为使用者包住了那些零散的器具，让它们有办法被叫出来使用。但是细胞膜呢？它是为谁包覆住那些器具？是谁在使用生命？而生命之中的那些，难道其实并不是生命吗？只要剥掉一层壳之后，里头其实就什么都不是吗？大家其实都是这样子认为的吗？

大家好，我是 Chang Jae-Young！突然这样出来与大家见面，有些惶恐。我知道接下来我将要写到我人生中最为困难的一篇文章。首先对大家最想知道的部分做出回答。

　　DayFly 在自己的 Cafe 以及 FighterForum[1] 上发布的内容基本属实……（中略三百字）虽然已经过了两年，不过仍然记忆犹新。是从很小的事情开始的……（中略四百字）不管怎么说那时我的想法就是，不管用什么方法都要让 **PRIME LEAGE** 兴盛起来，让我们看到魔兽的乐趣，给大家带来精彩的比赛，为此我绞尽脑汁。其中一个想法就是，修改一些英雄的技能效果使其更加华丽。刚开始只是修改了这些画面效果，比如说牛头的冲击波看起来会更宽更大，流星雨下落的流星更为华丽，等等。使用过魔兽 World Editor 的人都应该理解。

　　阿勋总是能够在我跟学长收看联赛转播的时候正好外出，原因每次都不一样，国标社读书会打工女友或莫名其妙的救世大业。虽然他本来就不是常常待在寝室的人，不过后来我们很快就学会当他在寝室时就戴耳机看录像，或是干脆关掉喇叭，遵循室友间彼此不过问原因的行为适应惯例。

　　我们对彼此最常开的玩笑大概就是嘿某某某我真是搞

1　FighterForum：一个韩国电子竞技网站。

不懂你耶，然后另一人就会搭腔拜托有几个人懂他啊。诸如此类。大概就是这样的氛围，让我莫名其妙地觉得很舒服。

M3C期间，很多人会来找阿勋，赤裸裸地就谈论那些过往、新闻、与高手之间的过招：喔你知道吗？你跟Sky的那场友谊赛真是经典！Sky连续塔攻两次摆明就是要把你压过去，结果你挡得真是漂亮！Sky的经济与科技进度严重落后，然后你的兽王也上三，我甚至觉得你会赢了，没想到Sky掌握你月井喝光、兽王抗兵海能力较弱而且你外出练功的那一个缝隙，硬是总动员塔攻了第三次。你觉得你二发英雄选熊猫的话第二波会挡得下来吗？你是因为对手是大陆人皇Sky紧张了才选兽王全力守住第二波的吗？……诸如此类。

阿勋可以从容以对。而我们都能默然以对，不排斥不鼓励也不谈论那些访客。每当如此我都隐隐有种自残的荣誉感，因为我深信在那些人之中没有任何一个比我对人世更感迷惘，比我还迷恋向往阿勋的世界。

台北多雨，每次下雨时从骑楼走进宿舍大门，能够见到那张贴在公布栏、桃红色的对战设置表，因潮湿卷起一角，上头用灰色粉蜡笔胡乱随意画上树枝状的图表，灰枝末端连接一个个ID或队名，有些枝端已经画上红色彰显胜利，可以感觉它们往顶端爬去的意志。然后周围更多显然是故作轻松搞笑的涂鸦，用扭曲的螺旋组成的小花蝴蝶太阳大树。大家都会会心一笑吧？我们太清楚自己看起来像什么了。

而最终使我做出进一步举动的原因就是，为了"联赛的兴盛"。当时为了达到这种目的，最重要不是扩大魔兽的拥护者数量，而是拥有众多 Fans 的 DayFly 夺冠。参加过数次决赛却没能拿到冠军的 DayFly，如果能在我们的联赛中取得冠军该多好，我产生了这样的野心。

为了使 DayFly 取得冠军，我在对阵及地图上想尽办法，不过自己仍然一点信心都没有。当时的版本对兽族本身是非常之不平衡的，而且他的对手 Anyppi 对兽族的战绩也是强到没话说。

在实验室操作离析器，黑暗依然在身边围绕。几近无声高速旋转的仪器是另一种生物的蛋壳，但我也知道，那些试管中细胞各部位根据不同比重层层分离，在液体中却没有漂浮。无法触碰、无法操弄，因为那些太过微小透明脆弱，所以只能用离心力这种坚决缓慢却粗暴的方式。

等我发现的时候，自己已经打开实验室电脑，在 Google 的搜寻引擎中输入 "man shell"。跳出满满数十页的搜寻结果，中英夹杂，许多都与我的目的毫不相干。但第一笔资料，毫无疑问的就是 K 的页面。

因为那里就有着一块巨大到占据整个页面的表格，上头紧密条列出最近被确认过的套件，日期、来源公司或者站点，还有回报状况跟 ID。在最上头还有一个站内的搜寻引擎，让初来乍到的人确认自己手边的系统是否已在名单之上。

回报状况那一栏，看来是可以自由输入讯息的，我本以为会有更人性热闹的内容如"此系统来自 IBM 一九八〇年代售于某某大学的实验室主机通过某某测试后确定不含该文件，可恶那个管理员真难搞定"或是"革命尚未成功，同志仍需努力"之类，但眼前的情形是，整列清一色的"No entry for shell"。可以这样翻译：没有 shell 的条目，或者是，没有壳的入口。

"No entry for shell"。

"No entry for shell"。

"No entry for shell"。

对这群人来说，这是一种默契了吗？

我这时才注意到讨论区的入口联结。里面的样貌大概就跟我所期待的差不多了，那些不太踊跃的留言中包含某些心得的交流、疑问的解答还有不着边际的浑话。

我突然有一个小小的冲动，也想留下一笔资料，也同样写上"No entry for shell"，但实验室电脑用的商业系统，不在可能的对象之内，我终究在这个圈子之外。我不确定对此能有什么感觉。

离析器的旋转结束了。我拿起试管，注视那底端小小一层、剥除了一切保护与胞器、在离心力之下凝淀在底端的那些被称为核的存在。居然那么少、那么小、那么无助无能而单调。

阿勋看到的就是这样的景色吗？剥除那些绿叶、鲜血、肌肉刀械、魔法缠绕的特效与杰出的美工模组，剩下每个单位的碰撞面积、旋转半径、移动速度、攻击距离与间隔秒数、技能的使用规则与程式结构……一切终究无色。

无色，无色，那我们终究会看到什么吧？穿越一切，总会有什么像是背景的东西吧？

今天晚上没有 M3C。归宿的路有风。

正确说是在 DayFly 的八强赛中，当时想增强一下兽族英雄终极技能，以这个吸引大家的目光。随后对阵的总是夜精，所以我也认真地对一些单位的资料做了极细微的修改。当然那种程度不会影响到整个比赛的流程，只是会多救一些红血的单位。如果改得太猛我也害怕被发现。

总之从那时起我就决心将PL1的地图作为"DayFly夺冠的地图"，而他最终也确实夺冠了。当然与其说是地图的影响，我更认为是DayFly确实达到了那个水准，不管是以前还是现在我都这么认为。

某方面来说多亏有K，他的传说提供了我与阿勋之间新的话题桥梁，不然这一阵子我在他面前几乎失语。

"理工学院实验室的电脑，大概都不会装Windows以外的系统，因为有些软件像是Matlab都是实验室必备的工具，又没有其他平台的版本。学校要有Unix-like系统的话，大概都是Server了。也许我该去计中问看看。"我说。

阿勋摇头："应该没有意义，使用者只会用最主流的系统，那些绝对已经被找过了，你得从上源找，品牌电脑的预装系统、各种行动装置的嵌入式系统，或者私人维护的非主流套件，有很多羽量级系统是被心血来潮搞出来然后弃置的，也许在这个世界上早就连一个使用者都没有了。"

"资工系不是有两个 Cracker 学弟吗？也许他们也会有兴趣。"

"能不能吸引到 Cracker 要靠运气，"阿勋摇摇头，"Cracker 跟 Hacker 是几乎完全不一样的社群，知识细节跟精神都很不一样，所以平常资讯也很少来往。虽然你提到的这个听起来可能需要 Cracker 的技术，不过实际上应该比较容易与 Hacker 共鸣。坦白说吧，我觉得他们会建议你用 Google。"

"喔。"

"嵌入式系统这条路的时间跟金钱成本也太高，并不适合由一个人来做，你学生的做法是正确的。"

"呃……不好意思，其实我不太确定啥是嵌入式系统。"我说。

"喔，像洲际飞弹头里面的资讯系统、PDF、手机啊，你先想成被不完整塞入家电或器具的系统好了。总之，处理难度完全是不同层级……干吗这样看我？"

"没事。"只是没想到你会有兴趣，"所以比较合理的目标是网络可以取得的极冷门系统啰？"

"相对合理，不过如果已经到四千笔资料的话，感觉上也差不多是瓶颈了。"

"嗯。"

"走他们最害怕的那条路吧,"阿勋说,"如果你下定决心的话。"

这真是阿勋的一贯本色。

本以为不至于再次修改地图,反倒是平衡性的问题影响了联赛。以前我是熬夜在研究分组及其他问题的,不过这次却只是对付对付,新制作的地图我也没尽全力去测试。结果,现阶段保持强势的 NE[1] 在联赛中也占据了过半的江山。谁都知道由于平衡性的问题会使得联赛变得无味无聊。

我以为我会觉得被 K 背叛,或生气,但我没有。

"可以让我借用一下你的电脑吗?"我问。

K 点头。我挪到 K 的桌机前,按下荧幕的电源键。K 没有设密码,我很轻易就以系统管理员的身份登入。游标闪烁,我知道我在 shell 了。

然后我发现我无法进入。不是钥匙缺了角,而是门不存在,房间不存在。我凭着 K 所告诉我的那些却无法进入。

---

[1] NE:《魔兽争霸》中一支名为"暗夜精灵"的种族。

"老师，对不起。我骗了你。"一直沉默看我尝试的K说。

我摇摇头。

"我也有不对。"我斟酌着要用什么字眼，"可以让我看看那封信吗？"

K认真注视我的双眼，像是正在确认什么。

最后K起身打开书柜下层的拉门，从里头拖出一个灰盖蓝底的硕大工具箱。K将其安置在地上之后，啪啪两声解开金属扣锁，平缓小心地将工具箱展开，一层层整齐堆满各式形状金属器具的塑料托盘从箱底琳琅升起，螺丝钉、螺帽、手锤、钻孔机、热熔胶、短锯。一切都闪耀新生而未经使用的光泽，比那些明亮的还要明亮。K从最底层拿出一盒螺丝起子，传到我手上。

"帮我把电源切掉。"K说。

"指令是什么？还是我可以按电源键它会自动关机？"

"从延长线直接切掉就行了。"

我照做了，主机发出声音，类似熄灭。

我们合力将K父亲亲自组装的主机放在地上拆开。K的父亲选择全铝的小型机壳，远远看的话甚至看不到接缝，有种简洁的美感，不过若不是K协助我，我还真不知该如何下手。我们一一取出WD的七千两百转硬碟，显然经过规划良好疏导安排不散乱的SATA线路，风扇，拆下主机板，取出最深处的二点五吋硬碟，K 示意我用一把细小的螺丝起子将其拆解。

虽然不到一个手掌大，重量也不过数十公克，但知道那四千笔"No manual entry for shell"还有其他东西都在这里面，手里就有种掌握他者生命片段的沉重。K 没有催促或协助我，我知道他并不在乎那些。

六个螺丝松紧不一，不过并没有紧到令人不悦的地步。K 将我取下的螺丝整齐地摆放在桌面一角，从刚才开始 K 就一直同步整理我所拆卸下来的零件，太细小的就摆在桌面上了。

所以我选择的仍然是老方法，就是 DayFly 所说的从第四周开始的。到此就是我修改地图的基本过程，其中过滤了一些我认为没有必要的内容。虽然知道自己做错了事，不过如果没有这回事的话，我也不会公开这些，我想永远把它锁起来。

阿勋联络了那两位学弟，其中一位很礼貌地婉拒了，但另一人觉得阿勋的想法还算有点意思，就砸了几天时间在阿勋的要求上面。

"能帮大师忙我很乐意，只是别叫我 Cracker。"他说，

"下次陪我打一场吧。"

"一定占用你很多时间。"阿勋说。

"喔，这是看站方老练的程度，没有刻意防范的话，可能只要最基本的 SQL injection 就能拿到资料了。这次的对象是私人站台，网站使用者注册的时候在密码规范上没有很严格，我就猜想这个倾向应该会保留在其他方面。全面诊断的时候发现 ssh port 是开启的，也没有防范短期密集连线，所以就难得尝试一次 ssh 暴力破解。制作字典包花了我几小时的时间，之后就只是让程式跑而已。本来我有跑几个礼拜的心理准备，想不到今天下午就成功了。只是我那时候还在上课，吃完晚餐才注意到。"学弟说。

"有资料库密码吗？"阿勋问。

"当然，我都已经把整个资料库都下载下来了。"

"只有一个网站？我还以为相关的资料会散在各个角落之类的。"我问。

"虽然海外站点也有资料，不过数量与密度最高的还是在境内，所以我想境内站点的确就是传说的发源处。"阿勋问，"可以找出初期文章记录最多的前三个 IP 吗？"

"噢，这用肉眼就能看出来。"学弟双手飞快输入 SQL 指令，"我们限制日期在最早的一个月，然后按字母排序……"

荧幕吐出一长条相同格式的数字。

"一目了然吧？"他说，将荧幕向下卷动到一个区块，"IP 基本上都是不一样的，但你会发现有一些距离特别近。如果是同一个使用者的话还说得通，但注册的 ID 都不一样。"

"意思是他伪造 IP？"

"喔不，这小子应该只是在住家附近换不同的电脑，网咖、公司、学校、旅馆，有空闲就上这个网站用假账号留言。"学弟说，"嘛，是个很认真地在经营传说的人呢。"

那是好消息，代表信的确存在。阿勋说。

阿勋拍拍我肩膀，示意我与 K 的 IP 做对照。而如他所言，是 K，K 就是最初制造这个传说的人，也是寄求救信的人。"man shell"就在 K 手上。

因为这有可能将所有 PL 中的比赛、所有选手的努力化为泡沫，而且也会毁了魔兽联赛。我没办法说出这些。所有的事情都有因果报应，我用最为卑鄙的方法使其获得冠军的 DayFly 揭露了这些事情，我想这也许就是人生吧。

在我打开硬碟外壳前，我转头过去认真地又观察这个孩子一次，他的短发、挺直的鼻梁与坚毅锐利的眼神。我回想我们所谈论的那些细胞膜、生命的条件、钥匙与门，还有那些秘密。我突然意识到，我无法想象 K 母亲的容颜，在这间屋子里一张照片一个物件都没有。

底层系统如果缺了一个环节，就会，K 是怎么说的？形同瘫痪？

我突然理解到我不是收信的人，不是因为我狗屎运认识阿勋，而阿勋正好认识 Cracker 学弟，而我根本就没有贡献所以没有资格……

此刻，就连 K 的房间内我都能感受到 K 父的气息，一切装潢、家具的摆设与选择。我觉得我耽溺其中，我觉得舒服。因为一切都太和谐了，连着 K 一起。

"K，还记得那个互相说秘密的游戏吗？你说的秘密并没有把我吓到……所以现在换我说啰？"我背对着 K，手按在硬碟壳上像按着一本圣经，说，"我并不觉得那些被包覆的事物被拿出来后就是毫无价值的。"

然后，我的肩膀有一件小小温热的东西覆盖上来，是 K 的手，他抱住我。我对该不该回应他感到犹豫，那些过去的自己定下的、不能穿越的界线，此时便以防盗警铃的威势在心里遥远模糊的角落提出警告。我想到 DayFly，想到他面对那些上了锁的地图，那时他为了自己的对正义的信仰竭尽全力尝试进入。我想象 DayFly 孤身一人在黑暗的房间内面对发光的荧幕中那一张张的树林、海岛、神殿地形鸟瞰图，无法进入。那时的 DayFly 不知道自己的正义会将自己连根拔起吧？

"别进去了，那些障碍是为了保护你们。"有个声音对我滔滔解释不停，"就像所有的障碍一样，就像头盖骨、细胞膜、系统管理员的密码一样，你们不知道一旦没有它们会有多严重的伤害……"

我尽量充耳不闻，虽然我隐隐觉得有什么可以反驳，却一时无法说明。总之我赌了，我紧紧抱住 K，感受到 K 的气味、体温、悸动与力量。那些被包覆的、在衰败死亡之前特别鲜明美好的事物。

"没事的，"我抱着 K 轻轻摇动，"我进来了。"

*

M3C 算得上是圆满落幕，世纪由数学系大四学长的队伍拿下冠军，魔兽冠军的话，就是那个资工系 Cracker 学弟了（我很晚才知道他有参赛）。当然没有颁奖典礼，甚至连冠军的名字都没公布，其实是有些无疾而终的感觉，要说我们懒也可以，不过用神手的说法，比赛本身就是我们的目的。我们肯办到结束大家就该谢天谢地了。当然我们也知道在我们的大学生涯中大概不会再有第二次，就像我们过去恶搞出来的许多事一样。虽然形式不同，但那些事情的灵魂其实都是一致的，你可以说有点像消耗品，很不神圣很不威，但我们毕竟就依靠那些一个一个日子过下来了。

国标社社游的时候，阿勋也把我拉去玩，因为该届社员人数少了些，为了热闹就拉了些亲朋好友。第一天在日式民宿住下，同行的人中不乏正妹让我悠然神往。傍晚大家开始玩杀手的时候，阿勋大概是不想玩，就往庭院走，我立马跟进。

两三个小鬼跑进跑出自嗨得不亦乐乎，阿勋倚在走道栏杆，背对着夕日。表情看起来也不像无聊。我突然发现，从没看过他打呵欠。

"干吗这样盯着我？"

"我突然觉得我大概会不懂你一辈子。"我说。

"这样也不错啊，不过我可没有排斥被理解。"他笑说。

"真的吗！？那我就要问问题啰。"

"你不要弄得像采访一样好不好……"

"请问您是如何看待 DayFly 事件的？"我右臂伸直做出持麦克风貌。阿勋当然不鸟我。

"喔，你知道啊？其实比赛都会让地图可以下载，所以那算是特例，类似的事件大概不会再发生了。DayFly 是早期很出色的选手，不过现在大概要讲二〇〇五年那个揭开 MBC 作弊事件的人才会有人想起来吧。最开始发现不对劲的人是 Moon，不过 Moon 即使在那样不利的状况下还是在决赛获得压倒性的胜利，为自己的传奇再添上一笔，那时候的 Moon 真的是太强了……大家比较少提到的是 DayFly 的第二封信，在张宰荣的自白之后发的，这你有看过吗？"

"不确定。"我说。

"经常在深夜中醒来发现自己泪流满面啦，希望大家不要再攻击张宰荣大哥啦，有印象吗？"

"好像有。"

"那封信的结尾，你还记得 DayFly 说什么吗？"

鬼才记那么详细。

不知何时，刚刚还在跑来跑去的另外两个小孩子消失了，只剩一个蓝衣白裤的。也许是看我跟阿勋聊得入神，或者是被和式格状纸门背后的白光、我们同伴玩杀手的欢笑言语吸引，蓝衣服的男孩居然拿了一根牙签，弯身专注地试着在纸门上钻一个洞。夕阳的光线已经转金，就这样直洒在整个走廊上，像是某种液体。浴在其中的男孩此时转头发现我的视线，便举起那根牙签，露出一个狡狯得意的微笑。我觉得这个画面好像静止了好久好久。

……我会好好地活下去的。阿勋此时在我身后悠悠地说。

注：DayFly、张宰荣告白信分别节录自台大批踢踢实业坊 Warcraft 版精华区，并非全文引用，依原撰文者意愿注明。

无君无父的城邦

在这个邦,这座城,他们无君,我无父。

氧气供应罩固定在你足以定义衰老的脸上,单从紧闭的双眼、松弛而苍白的脸部皮肤与往下掉的嘴角无法确定你是否清醒。病床旁立着显示血压与脉搏的仪器,只要他们对你说话,荧幕上显示的低血压数据就会从六十以下摇晃升至六十出头。

他们像是游戏般地试了整个上午。

我的姐妹在你耳边唱起你曾在三十年前在幼儿床边唱过的日语摇篮曲。

血压数据一路上升,突破八十大关。

其实唱的人也不懂那语言,无法释义。不过旁边那发着红光的七段数字显示器所显示的脉搏与血压数据,就足以代表一切。至于摇篮曲原词含义为何,发音走了多少,又是不是你从更遥远的时代带过来的礼物,都无足轻重。

　　你已无法言语。你甚至并不清醒(你睁开双眼是稍晚护士输血之后的事)。但在萎缩皮肤之下,那颗衰老的心脏却还能激动。你的内脏终于也肩负起表述的任务,取代声带舌唇,穿过层层管线与仪器,来到光线世界的表面。虽然最后的形式只是密码一般的数字,但也够了,毕竟他们要的讯息也都很简单,完全可以二元化。

　　还认得我吗?

　　还认得我的声音吗?

　　还认得这女孩正在唱的这首歌吗?

　　我曾经是你宣判不能存在的人。

　　你现在所听所见的一切,也都是我的内脏,我的内侧景观。

　　远在我有知觉之前,你曾是伟大的预言者。仅需得到对象的出生时间与姓名,就能准确判定近期所发生的一切事件与状态,离婚与否,是否抽烟,子女是否会在外地出生。

　　就像最顶级的明星竞技选手的全盛时期纪录一般,选手自己可能还不会记得所有比赛的细节。但他的崇拜者们,那全盛时期有如神迹荣光的见证者们,会永无止境地对彼此复述。就像你床边的他们一样。

是女的啊。

远在我有知觉之前，伟大预言者的你，对你的女儿宣告她腹中婴孩（也就是我）的性别，下达命令。

拿掉吧。

你的丈夫在狱中的遗书，在写成整整六十年后，终于送到你子女的手中。当年囚禁你丈夫的那囚室中，除了后来娶你做妾的那个后台无比强大的男人以外无一幸免。那时的你深信你的丈夫连一个字都没留下。所以那个唯一存活的男人说你的丈夫临死之前将你交付予他照顾之时，你也只能选择相信了。

当然，遗书里不会提到这些的。

我们也都知道，这样的一封遗书是怎么回事。

工整的笔迹与生疏的中文用词，想来大概也不允许用真正擅长的语言来写吧。像是世俗社会对更生人所期望那样，完全泯除了人格与傲气，只允许歉意与温柔的信。里头唯一像是人格的东西，大概就是道歉的对象与顺序。你的父母，然后才是对你养育子女的祈求。哎，好险没有对政府致歉，不然这封遗书就毫无信度可言了。

我们在病床旁站成个圈，交换眼神。犹豫要不要念出信的内容。

呼吸器的声音在沉默中好有存在感。

要听吗？里头的对象泰半已过世。而你未被传令的艰巨任务也早已完成，完成太久了。久到收信者也与寄信者处在同样的情境底下，紧邻死亡与冰冷。你们还能言语吗？你们怀抱的信仰又能被言语吗？

早先一点他还会托人携信求你准备伤药，但写这封信的时候已完全没有必要。因为在隔天中午，他知道自己的名字将变成小小岛屿上——不知为何很容易被遗忘的——小小历史中，小小行刑舞台记录的小小名字，甚至不是主角。六十年后上网搜寻只能找到同一篇文章，也好险还有人愿意谈谈那位主角，还顺便列了同时处刑的数十个名字，省却你子嗣们确认官方说法的一番手脚。

他淌血于马场町河堤的肉身，躺了很多天，直到肿胀，凑了足抵数月薪资，领尸用的五百新台币，整个家族却没人敢陪你去领取尸身。

只有那个唯一生还的男人，陪你搭火车北上。两人对坐。当那男人从衣领中抽出一根烟，点燃，他看见你的眉头一皱。那根烟立刻就被丢到窗外去了，一口都没抽。男人这烟一戒就是六十年。十倍漫长于你们两人真正共处的岁月。

当你再度孤身，我们也相信，对你来说，关于美的一切都不会比权力来得重要。除非，除非美也能成为权力。偏偏在那个时代，这是不可能的。

你无君，他们无君，而我无父。

所以当你预言了我与权力无缘的性别，并要求这样的我消失的时候，腹中怀我的女子，你已有堕胎先例的女儿并不意外。伟大选手的全盛期总会过去，人们会构筑各种理论来解释在那之前与之后戏剧性的陨落。有关你预言能力的丧失，家族中最受欢迎的说法是，我就是那个原因。预言是绝对不能被当事人听见的，除非是想被改变的预言。

尚在腹中的我或许真的是听见了。

很长一段时间，我不确定该为这事感谢谁。但话又说回来，天知道这件事值不值得感谢。可以确定的是，你的女儿并没有遵从你的预言。无君无父之后，你跟你的女儿都取回了一种终极的权力：定夺生命的消失，定夺生命的存在。

同样的时代，同样的事件，有太多的人是无父之人。这些人要在小小的岛上相遇实在太容易了。其中的某个无父的男子，遇见你的女儿，他们决定生物学上的我应当存在。虽然那个男子最后也避逃了延续生命的庸俗沉重。于是有了同样是无父之人的我。

我们是不是能这样一直繁衍复制下去呢？遇到其他的无父之人。

我的话只在心里说，如果有任何温柔的欲望，那都是真诚的。我特别厌恶虚假，厌恶装作不是无话可说，厌恶装作自己理解对方。所以我的话只会在心里说。

还认得这样的我吗？我只能这样在心里问。对于如此众多的死亡，对于如此显然的原因，你会认为那是命运吗？如果那可以被预言，那就能被改变吗？那是你对命运反击的计策吗？仅仅是我的存在，就毁灭了一个无辜之人最后对世界反击的全部心力吗？

他们依然陶醉于对床上的你输入各式话语，数字老样子六十出头。

两位白衣护士进门，对着显示器记录资讯，更换血袋，量取耳温。动作洗练无可挑剔。虽然一旁的他们看着你在供氧面罩底下无声地张大嘴，像示威河马那样露出底下染血的残牙。不知道那样的痛苦如何避免，所以他们便称之为呵欠。他们这么希望。

在生命中的其他时段，你也这样呼喊过吗？奔走于亲眷之间，希望能救回一个人的命，或者仅仅是一具尸首的尊严时，比此刻的我还要年轻的你也这样呼喊过吗？

至少面对我的时候没有。我们两人独处的时候，总是无语的。没有撒娇问候。没有索求。

在南方炎热的夏日童年，我们每月会固定步行穿过整个灰蓝色的小镇，没有牵手也没有闲聊，上戏院看同一部电影，在各自的世界里消磨掉自己的心绪。

偶尔我们会看见长街远方，那与平交道交叉处，有漆黑的长长列车正通过。那是一条产业铁路，只有纯黑高大的载糖火车使用。负满那些曾是生命，此刻却只能层层堆挤躺在无光铁箱里的甘蔗。铁轮与铁轨撞击的声音几经折射与散逸，远远听来如此温和，像是城市或者更大什么的浅浅脉搏。

在街上，第一次看到香包。说想买，你就买了。我想要的理由不是因为香气或是鲜艳的颜色，而是因为那些玩意儿的外观神似宫崎骏《天空之城》里的机器神，倒三角形的躯体，还有细长如串珠的手脚。诚实地说，记忆中并不是每次我说想买玩具你都会这么爽快的。

看到色彩鲜艳的手环，我也想买。对我来说那是战士的象征，就像铠甲，像示威的赤羽。捡到橡皮筋也会套在手上，就像蓝波把一串子弹披在身上那样，在我的妄想里我可以在一瞬间从左手手腕取下任意数量的橡皮筋，双手拉长，瞄准、定位、发射。

但大人们不这么看。他们不这么看。只有你叛逆的女儿在结束牙医诊所的营业后，看到把玩香包、戴满橡皮筋手环的我，大笑。有很长一段时间我不能理解那笑声的意义，不过无论如何，在那当下这样的笑声并不令人害怕。

在下一次出门前，我被你叫到书房里。

书桌上摆着两三顶假发，椅背上整齐叠着两三套衣服，我注意到白色的蕾丝，还有我完全无法理解其复杂功能的化妆盒。怎么说呢？我知道这不是战士的象征，但我知道这是一种权柄。只有被认可、被拣选的存在能够获得。我知道我本来不是，但从这天开始，我就是了。

皮肤够白，脸够秀气，肩膀够窄。而且乐于对某种巨大的存在撒谎。

预言总是有某种部分能够准确，也许这样便能安慰你。

从此之后，对小镇上的摊贩来说，我多了一位孪生姐妹。路人如果问起我，就会知道是我的考试成绩差了，被处罚在家，换我的姐妹能够出门看戏。多么残酷的家规呀！我掩嘴害羞微笑。会咧嘴大笑的是我（你的女儿说大笑会跑出我的样子所以不准），只会抿唇微笑的是我的姐妹。

"这对姐弟长得都很像母亲，"最常听到的就是这句，

"不过姐姐比较安静。"

握有权柄的生命多么轻松，只要沉默微笑点头摇头就能与他人沟通。无君无父也能存在，我甜美的姐妹。你是克莱因，你所说关于我的一切，都将真实。我是克莱因，你在我表象加附的一切，都将成为我的血肉。

他们问你，死后要葬在哪里？要跟丈夫在一起，还是跟女儿在一起？

沉默。

他们说了其中一个选择。然后你重复他们的发音，那就成了你的选择。

你是克莱因。他们所说关于你的一切，都将真实。他们的话语将成为你，甚至你的结局，就像那段时日握有权柄的那些人，命名暴动就能召唤杀戮。

小学教室里，肥胖的中年女教师说起作为社会人士明哲保身最为关键的原则，是不要引起他人的注意，也不要招惹分外之事，乖乖扮演好自己的角色，就可以"天下太平"。她每次都会这么说，每次这么说的时候她的双眼都会盯着我。我想老师好厉害呀，她知道我在做什么，我也的确努力不引起他人注意，也很努力在扮演，分外之事是什么我不太确定，不过我八成也做到了。所以我总是会微笑以对，我想老师正在赞美我，这显然是一种双方都心知肚明的赞美法。我是一个伟大城邦（知道城邦的定义与武力紧密相连是四五年后的事）的善良分子，对一切怀抱喜悦与好奇，我相信我很聪明，相信聪明会被称赞。

我那时常问你，你的丈夫以前在做什么？

沉默。这个问题，连你的女儿都不会回应我。

沉默是可以训练的，即便后来有人告诉我那些问题是值得问的，我也不习惯再问了。

这里是克莱因。一切看来像是内部的，像是家的，其实依然直接通连到外面。门的存在仅仅是一种礼节。无论形而上或者形而下，都有访客自由进出，视察，宣旨。

小镇上大概只有调查人员知道，这个家只有我的存在，或者说，不知道我姐妹的存在。他们不知道那几顶假发的存在，不知道那些小尺寸洋装的存在。那个时候，除了你与你的女儿以外，大概就只有另一个中年人知道我的所有身份。

我知道他与我没有任何的血缘关系，但你与他姐弟相称。很久很久以后，我才知道他是你的丈夫当年友人之中极少数的幸存者，当年一闻风讯果断逃进山里，直到权力更替，杀戮渐趋平静后又过好多年，才现身人间。

有那么一段时间，你与你的女儿会用没有时间照顾我为理由，把我送往那个男人家中，好好体验日式教育。听到这种说法，我还以为会整天洗碗擦地，被竹剑打或者喝叱。结果完全不是这么回事。

那是一栋位于市镇郊区的老旧木造建筑，我一直以为那就是那男人的家，后来又隐隐觉得不是。每天下午放学到那屋中之后，我就只是无所事事，读自己的书，等着跟男人吃晚饭，自习直到九点回家。男人根本不让我做任何事，虽然我们之间无话可说，不过我觉得被过分宠爱了，我可是打着接受教育之名过来的啊。

那时的我大概知道接受教育仅仅是个名目，真正的目的更单纯，只是要跟这个男人建立某种联系。跟日常生活没有相关的，针对某种紧急状况的安全索。我所要记忆的仅仅是这个男人的居所与样貌，以及建立信任感，至少要反射神经般地可以第一时间想起他的程度。

男人屋中的书很少，甚至连家具也很少。他自称的日常工作是家电维修，在家的时间并不稳定。所以我拿到一支钥匙，可以自由进出，如果我进门时发现他不在家，就会直接去后院菜园帮忙浇水。我并不讨厌这样过日子，我依然在好奇，依然在等待教育。

大概这样厮混了一整学期之后，某天下午，我一进门就看到他坐在小小的餐桌，招手要我过去。"这样就够了，你从明天起就不用再过来了。"他顿了一下，叫了我的名字说，"你只有一个问题，就是不太像男人。"

换作是其他人讲这句话，我大概会当成废话直接忽略。我知道男人知道我的另一个身份，我的姐妹的存在，但我也知道这话是对我说的。他叫了我的名字，而非我姐妹的名字。在一整个季节的相处之中，没有任何说教，没有任何训斥，他就只决定说这句话，所以我完全能感觉这句话的重量。本来以为除去另一个扮装身份、绑着这一个雄性名字的自己，是很纯粹的男孩。但这样的我，作为一个男孩显然也不再纯粹了。

夏日午后，阳光依然明亮，蝉声惊人。整间屋子的门窗全部敞开，留下一层绿色的纱窗，准备迎接任何方向的凉爽阵风，风来的时候就像救赎。光线几经折射，充满整间屋子，就算没有开灯，碎花塑料布的餐桌依然泛着金黄光晕。从我的角度看来，白发苍苍的男人那张带着油光的脸有种橘黄铜像的坚硬错觉。通往菜园的门上，风铃声不时响起。那些清脆而纯洁、来自透明的风与透明的玻璃的声响底下，有个坚硬的存在说，你只有一个问题，就是不太像男人。

我的生命似乎充满神谕。在这样神圣的悠闲风情中，我的权柄终于被收回了。我道谢,然后突然意识到我道谢的语调里,充满了不太恰当的阴柔。神谕真的非常奇妙,在成为克莱因之前,这种事是很神奇的。

但就在这充满命运的一天,我第一次也是最后一次,决定让我的姐妹独自一人上街,自由的存在。我第一次擅自从家中带出假发、洋装、白色长袜与黑色娃娃鞋,放在一个背包里。这是在今天上学前就已经决定的事,无论如何都想做。

我在运动公园的公厕里面换上洋装,拿掉眼镜,戴上发网,固定扣环,从两侧太阳穴向下拉紧,在两耳上侧别起黑色小金属夹。用小镜子确认假发天衣无缝。假发是日本货,真发,深亮的黑,及肩,末端以漂亮的圆弧微向内弯。

因为拿下眼镜的关系,步出公厕后的世界一片模糊。

不需要与任何人交谈,不用进入任何店家。只要能依自己的意志走路就好。我的姐妹索求不过如此。这很简单,我对自己说。这样的条件实在太宽松了,如果不做简直就像傻瓜。

我步出空旷的运动公园,环顾四周,一片模糊,但似乎没有人注意我。就像我想的一样,这世上绝大多数尚未发生的事，都很简单，只是人们没有理由去做而已。

我往家的方向开始走去，这是一条笔直的路。这一带偏向郊区，而牙医诊所的家接近市中心。只要会看交通标志，怎么样都能回到家。

走过两个街区，不过一百米左右。平交道正好响了。黑黄相间的拦路杆摇摇晃晃的，在警铃的当当声中缓缓放下。为什么这些拦路杆最后的位置总是歪斜的、松弛的，好像在战场上刻意冲撞消耗到极致似的。

我一直很喜欢载糖火车通过时的巨大声响，那令我联想到爆炸，象征纯净的能量与燃烧，有点像过年的鞭炮那样。但我并不喜欢鞭炮的刻意为之，还是载糖火车好，无意的纯净，想必那些涂满黑漆、阻断任何一个角落阳光的车厢里塞满了甘蔗。三米高度、带满质能的黑墙已经不是巨大可以形容，而是某种压倒性的存在。它们自视野右方之外而来，又急伸去视野左方之外。直接抹除眼里世界的其他部分，只留下一点点的天空，跟窄近得很有压迫感的路面。我不觉得那样的存在会看我。我以为只要安安静静地，站得远一些就好。

在火车头通过的风压卷到脸上的那一瞬间，我左手边黑色轿车的车门也打开了，因为我全心全意地盯着载糖火车无窗无网的巨大黑漆车厢，所以我并没有真的看到。因为轰然的列车声响,所以我也没有听到车门打开的声音,仿佛一切都发生在无声之中。

有什么卷住了我的细弱手臂与躯体。当我被拉扯离地的时候,我觉得自己完全没有重量。

当我人已经在轿车里,车窗贴上反光遮阳贴纸的车门也关上的时候,我还不知道发生了什么。

我的脸被大力按在后座座垫上,双手立刻被反绑,然后换下巴被按紧,脸的下半部连着我的假发被缠上四五圈七八层封箱胶带。也许我的脸看起来像忍者?我记得我第一时间想的是这个。这一切都做完了,载糖火车却还没完全通过。那声音与震动完全传进车里,轰隆轰隆当当当。感受那震动,我呼吸开始急促起来,车里充满烟味与塑料味。

这是我从未踏进的世界。也许这就是无君无父者如我,从未踏入的成年男子的世界。也许日式教育还在持续,或者,才要开始。

也许这曾经就是你所在的世界?我有无数的时间在我自己的一切经验中揣想你的视角,而这辆车总是能成功地在回忆的过程中困住我,也许这段时空有某些性质让我可以很好地理解你,也或者,这仅仅是因为揣想你的过程中,我被迫花费更多时间在这情境中所造成的错觉。

驾驶座一个人,后座一个人。后座用童军绳与胶带捆缚我的男人，八成不知道我此刻的视野如何模糊。见我用眼光探寻环境，随手就赏我左脸一巴掌。

那是很厚很重的一掌，对我来说跟载糖火车没有多少差别。光是接收一切资讯就够令我手忙脚乱了，突如其来的冲击让我一阵晕眩。但我一点也不生气，只是非常疑惑。也许我应该撒娇，不过我的话语到达不了他们那里，我的肢体也到达不了那里。

我唯一能做的就是选择要挣扎或不要挣扎，既然挣扎铁定没用，那我就不挣扎啰。看，我没有生气。我没有挣扎着要去撞车窗。我没有动，甚至没有打算坐起来挺直背脊。要绑我的脚？那就绑吧，但是可以松一点吗？我的手被绑得太紧，已经开始有点痛了。

看，我很乖。

虽然我嘴巴不能说话，但是我的身体可以的。只要不要那么用力压住我，你会知道我没有打算要违逆任何人。打从一开始，我就只是想要走路而已，依自己的意志。我想喜欢我自己，但我必须存在才能被喜欢，所以我才需要走路，依自己的意志。我的所求不过如此，你知道的，而且我很乖，我会答应任何事，就像我的身体正诉说的。

我听到男人用适合威胁的音量与语调说话，显然是对我说话。因为男人见趴在座椅上的我没有反应，就一把将我抓起来，与我正面相对，用很狰狞的表情跟夸张的嘴型，加大音量重复一次。知吪！我只听得懂最后两字，模糊的视力勉强能看到夸张得像猩猩示威的嘴型，歪斜的黄牙染满槟榔血渍，在飞沫与热气中我闻到烟草与酒精的味道。无论刑求或者被刑求者，都在呐喊。但我实在软弱得无可救药，看到这样的嘴型，就反射性地只想逃离，连分辨加害者或者被害者都不敢。

虽然连对方说的是不是问句都没搞清楚，我就点头了。毕竟只用点头或摇头说话是我太习惯的事。将我下半张脸缠得像忍者的那卷胶带挂在我脑后，还没剪断。男人抓起那卷胶带顺手又在我头上卷了两三圈，将我的双眼封起来。我想现在我更像木乃伊些。

载糖火车还在轰隆轰隆。平交道当当当当当。

又是左脸一巴掌。

自认很乖的我完全想不到理由，也许这是某种仪式了。我觉得我的身体是死去的肉，只能瘫软。我听到衣物摩擦的声音，皮带扣环解开的微小金属声响。

在遥远的未来，我常以这样的声音，来揣想你不可逆转的生命。当你的爱人也被你的母亲预言为不可托付终身的男人时。当刚成年的你充满勇气与信仰，选择只带一双纯白新鞋就与你的爱人逃家，对抗属于你的预言时。是否也会听见这些微小事物撞击的声音呢？与病床旁我的姐妹的歌声，是否相像呢？

太多人以生命之漫长来恐吓你，很少承认他们也正被一道又一道、永无尽头的陌生之境冲洗。

我能理解你的沉默。

我们并不生气。真的，只是想知道理由。为什么我们如此笃信将降临的温柔——

一只黝黑坚硬的手粗暴地伸了进来。

当童年的我感觉我的内裤被扯下时，我的身体毫无抵抗能力，瘫软像在病床上的你，裙摆撕裂的声音传进耳中，下体的冰凉，会不会跟换尿布撕下黏胶的那一瞬间有点类似？接下来的沉默，仿佛漫长的沉默。其中几乎有种内疚。我们的肉体愿意言语呀，我们也愿意言语，但一切就都不可能发生了。这内疚究竟是属于自身的肉体，还是自身的心？或者是属于对方的肉体还是对方的心？

冰凉暗示空气与流动，暗示赤裸。不知何时开始集结在我腹部上方不远处的炙热潮湿，在这一刻又戏剧性地消失。

就像护士更换针头那样精准而粗暴的，男人捏起我头上的胶带头，啪一声从我的眼上撕开，因为很痛，眼泪很快就流了满脸。轰隆轰隆声突然开始渐远。当当骤停。

看男人举起右手，犹豫了一下，仿佛仅仅是为了区隔什么，换左手。终于是右脸了。

这巴掌不带有之前戏谑与示威的味道，而是纯粹为了痛觉而打的。不再是晕眩，而是沸腾在脸颊，清醒且无法自主的挣扎。

男人对前座开车的同伙说了些话，前座的那人摇了摇头。我的双耳都还在嗡嗡作响，完全听不见任何声音。

这两种巴掌的差别让我瞬间就理解了方才我姐妹的处境纯然绝望，即使全心全灵的温和虔诚，也不能改变本来将发生的任何事。此刻右颊张扬的痛感是同类之间的、恨铁不成钢式的处罚。这个地位转换得太剧烈了，让我忍不住开始自觉无辜起来，无法控制地，开始啜泣。

男人依然愤怒，但对我的反应似乎还算满意。

摇摇晃晃的黑黄相间拦路杆终于又立了回去，列车的声响正确实地远去，空间膨胀回来，时间开始流动。这辆车终于开始移动，男人用脚将我用力踹出车外，关上车门之前还大声喊了些话，我还是没法听清楚。神谕总是如此。

我需要很多年的时间才能知道自己究竟有多幸运，不只是生死、仅仅丧失部分听觉这种枝微末节的小事。我确实地被某种存在注视了，且在那目光移开之前，我甚至还凝视回去。目光交流能得到很多讯息。

在烫肉的褪色柏油路面上滚没有几圈，我就落进路肩旁裸露的排水沟。我不认为有任何行人在附近，就算有，他们的视线大概也被行道树或者黑色轿车挡住了。

排水沟里没什么水，只有潮湿的黑泥，沾染了我身体一侧。我对自己说，这是战士的象征，我一定已经学过这一切了。就像卡通《勇者传说》某集的结尾，正义一方的某架强大的机器人决定留在地底下，以一己之力永远跟地壳分裂的力量抗衡，重新密合地球的裂缝。

我的双脚没有真正被封印，如果像脸那样被胶带缠绕，我大概只得扮演人鱼。我现在才发现，绑住我着白色长袜双脚的，是新鲜艳红的尼龙绳。双脚随便踢蹬伸展一下，就找到紧紧相连于地面，粗糙锐利而沉重的硬物，用它磨断尼龙绳正好。我用重新获得的双脚回到路面，广阔但模糊的视野。少了双手可以平衡，我进行动作不免摇摇晃晃。

我这时候意识到蝉声、温暖的气温，还有依然金黄的斜射阳光。它们未曾中断。要我说的话，我依然喜欢微弱的阵风，虽然不知为何，喜欢的感觉只能停留在身体表面。

我是机器人、机器神。我可以靠自己的力量密合裂缝，一切就像没有发生。我可以保护我想保护的人。我是战士。缠绕在我背后双腕之上的绳索是我的战士的象征，虽然我不是很确定要怎么用它。我是忍者，而且我本来就习惯用点头或摇头与人沟通。

我是——

我是克莱因。

但大人们不这么看。他们不这么看。

我往家的方向开始走去，这是一条笔直的路。这一带偏向郊区，而牙医诊所的家接近市中心。虽然我的视野一片模糊，但只要看得到交通标志，怎么样都能回到家。

我想到我这两个月来所接受的暗示，关于一个可以信任的存在，关于走难。我想着这些，我知道如果我是个乖巧的孩子，我应该照着那些暗示，转向后方，回到我方才离开的小屋，让那个深受我阴性家族信任的男人保护我，让他履行他的约定。

然而我正跨过平交道。我从来没有搞清楚过那些载糖火车的出现频率，盯着它出现、经过、消失，就足以令我目眩。我坚定地跨过那被如同命运沉重的钢铁车轮辗压得银闪如新的铁轨，好像这样就有借口不再回头，好像在这之后，回头会是一件更困难的事。

我喜爱的假发在我的头上微微歪斜着，完全失去了它的生命。我对固定它所做的那些努力，就像我姐妹的讨好撒娇那样，在臂力与胶带面前，完全徒劳。

手臂被反绑在身后，压着我的上身重心微向前倾。我投向地面的视线，能勉强看见精细张扬的蕾丝，裙摆正前方直裂到无毛苍白小腹，每跨出一步，我就能看见那双白色长袜、脚上因翻滚于柏油水泥之上而各处散布的细长渗血创口，还有对于小镇镇民来说，我的唯一谜底。

这是我的姐妹，也许真的见证过死亡的姐妹，第一次自由地上街。

所以就算开始有人发现这样的我摇摇晃晃走在街上，走过来问我怎么会这样（明明看见我不能说话），问我要不要报警（当然不等我回答就跑向街角的投币电话亭了），我也不会理睬他们。我只需要点头或摇头，我只会点头或摇头，我只愿意点头或摇头。如果有人试图触摸我的身体，或者站到我面前想要我听他们说话，我就会绕行避开他们。一辆伟士牌机车迎面骑来，突然刹车，上头的人哇啦哇啦说了些话，我身后也有人哇啦哇啦回了些话，伟士牌机车决定绕半个圈，跟着我，我走几步，他就滑行一小段，然后哇啦哇啦对我说话。我摇头，我知道时间不多了。

我终于走到通往戏院的巷口，我知道这儿的摊贩或者店家都认识我和我的姐妹，我知道他们正看着我，因为对话声会突然终止。我每多走几步，不自然沉默的范围就会又跟着拓展几步。

我知道他们认得出我，沾染我侧身及侧脸的黑泥与面罩般的封箱胶带根本不成屏障。

我的耳朵还是听不太清楚，我的视线依然模糊且只注视不远的地面。我仅仅只能守护我姐妹行走的意志，仅仅只能选择踏出一小步，再踏出下一小步。就在确实守护这微小意志的每一个瞬间，我真的觉得我自己又是个战士了。此刻的我同时是我的姐妹，也同时是战士，只要我继续走下去，我就是我自己。

聚集在我身后的人数从两三人变成七八人，两辆机车，一辆脚踏车。彼此哇啦哇啦。

时间不多了。

突然一个矮胖的身影出现在我面前，看那俗气紫红色上衣，没记错的话是车轮饼小吃摊的阿姨。我一样想试着绕过她，却被她一把抱住。我尽力挣扎暗示想下来，她却坚持着紧紧拥着，说，没事了，没事了。

一只手指触摸我的后脑勺，某人想撕开我头上缠的这些封箱胶带。很快地，就有另一双手试着解开反绑我双手的绳子。然后又有几只手，不知道是不是不认得我的人，试图将我的白袜褪下，洋装与假发都被拉扯。有些动作弄痛了我，我无法阻止泪腺分泌。用拥抱紧紧困住我的阿姨没有阻止任何一只手，只是重复，没事了，没事了。这些大人团团围绕我，注视我肉身的表面、我姐妹的一切，还有我紧缩小巧的性器，我只能见到模糊的脸孔、从那之下伸出的许多只扭动的手与剩下一丁点的天空。载糖火车起码会留给我一点距离，街道似乎不会。我能守护的终究只是意志。我隐约听到他们提到你的名字，你女儿的名字。不管是嘲弄还是憎恶，对不起，我无力守护。

警笛声渐进。权柄不再。无论如何，在这充满命运与神谕的一天，这路是走不完了。

我能守护的也只剩下意志。

我很软弱，所以我至少得待人温柔。但我也见识了温柔有多么无用。

虽然算起来只有三个，但我们一族自你而降的每一个人，皆始于对预言叛逆才存在。

我们阴柔的血脉，一点点的血脉，或许终将断送在我手上。但至少我还能叛逆，因为你对我的预言不以时间度量。因为你曾宣称那样的我不应存在，所以那样的我，必须存在，就算本来就不存在，也已经不可能存在了。我们阴性家族的极短暂历史之中，再没有其他更难抗衡的预言了。至少我会坚持这叛逆，维系这细短血脉的荣耀。

当年轻的警察挥挥手便将人群驱散，或许是因为我的视力，人们脸上的神情非常模糊。我感觉他们正看着我，但前一刻那些饱满激动的触摸拉扯却完全无迹可寻了，他们甚至不真的那么坚持对我做些什么。

但他们就是会做。就像他们就是会对弥留的你说话，以手指轻触你的额头。爱恨可以很多，但不会是必要的。也许也像我的叛逆，坚持让我的姐妹出现在你临终的病床旁。爱恨很多，但不是必要。

但曾经的大人们不这么看。他们甚至不看。他们也许有了新的君主，也获得诸多指引。

第二次，我的姐妹再度歌唱。低血压再度升高到七十。上次的歌词曾为初始的你应允了温柔的降临，这次的歌词则应允了，也直接启动了你的再度初始。我们眼睁睁看着数字急转直下，十位数快速倒数，七六五四三二一，横线。

他们说你是先停止呼吸，再停止心跳的。这的确是少数能以自己意志贯彻的路。

我一滴泪也没流。我们之间毕竟无话可说，彼此毫无所求。爆炸象征纯净的能量与燃烧，我是被燃烧净化过的。我是战士。他们不看也无所谓，他们会听到我姐妹的歌声。不听也无所谓，我的谎言也不会是用说的。

虽然终将结束，我们顽抗预言的血脉依然在我的躯体里一分一秒地继续延长它浩瀚时空中短短漫步的足迹，轻盈一如七十年前那场私奔。

而你，伟大的预言者，给我的预言不以时间度量。

卷二

其内

另一个男人的梦境重建工程

她告诉我，东方先生死在好几年前，而我全不知情。然后她以一个年轻遗孀的身份，在东方先生留下的神秘铜线遗产里要求我，继续完成东方先生未完成的梦境。

我答应了，并且要求取得东方先生生前使用的电钻。

但现在我回过神来，发现自己双手拿的不是电钻跟铁钉，而是菜刀跟小黄瓜，站在厨房的砧板前发愣。不是面对被挖得坑坑洞洞的墙壁，也没有对底下血管般的铜线拉拉扯扯。她正蹲在我身后，双手紧环我的大腿。对此我震惊非常，因为我们似乎曾说好，在厨房这种杀伐征战之地绝不可贸然行事。事关人身安全，我有些生气，可是现在的我照约定已经不能使用语言了，也就不能出言阻止。

我很疑惑自己怎么能搞到这步田地，但也不太惊慌。这是典型的，在密集而抽象的递回任务执行中产生的堆叠溢位（stack overflow），因为超出了自己配置的大脑位元限制，所以整个进程崩毁了。过程中产生的重要资讯应该都还在我脑中，我只要一步一步找回每一层递回任务留下的有效讯息，我就有机会知道自己进展到什么地方，在重新规划记忆配置方式后就能完美地还原进程，继续执行任务。

当然追溯记忆有着极度的时间压力，必须非常放松，而且非常专注。不然那些递回任务留下的有效讯息很可能会因为在大脑中孤立无援，而被海马体垃圾回收掉，那么一切就要从头开始，而任务总是没有第二次机会的。所以我保持静止，任她继续她的行为，我则安抚自己的皮下神经。万一它们接收效能全开，我很确信那样我将无法思考，一切将不可收拾。

好的，我们有永无止境的决策要面临，而且永远只有有限的决策时间。假使这个资料回收的任务注定无法完成，那么我们就该决定哪些资讯比较经得起损失。递回分析的资料结构是树状结构，也就是说，越接近根部的资料就越重要。也就是说，我得按着时序来。

东方先生停止呼吸的瞬间，正是我设计的自我复制机专案第四十二周第七个工作天的祷告时间。我已经不太确定那天自己开始祷告的确实时刻了，但我的确想到了东方先生。那时大学尚未毕业，而且其实中学后根本就没有接受物理训练的我，就是满心欢喜地被东方先生的物理实验室剥削着。我想着东方先生脸部的直线线条、飒爽白发加上他的锐利的鹰眼营造出的严肃形象，然后重播那样的脸因为我提出的外行人物理疑问（像是量子纠缠这种根本无视空间距离，根本是超自然的理论）兴奋地丢出一堆量子公式时的表情，还会因为我组合各式各样的单晶片板子与机械零件完成的实验工具满怀喜悦。上了年纪的教授还会对学生保有这样的热情，而不是聚焦专案补助金，以统计来说人格不健全的可能性显然极高。

定义放宽一些的话，我跟东方先生总还算有一些友谊，或至少接近友谊的东西。有了友谊，很容易就会衡量自己与对方的处境，这真是人心小宇宙的暗物质。东方先生在我毕业的同年就退休了，领着优渥的教职员退休金。而我除了在最尴尬的年纪对一门陌生的艰涩学科燃起熊熊爱意以外，一无所获。于是我偷偷诅咒了东方先生，希望他突然想起我这个天知道叫什么名字的工读生，并且感到一丝丝歉意，虽然我也不太确定他该为什么感到抱歉。

在古典力学之后，要精准控制自己行为的后果永远是困难的。所以我也搞不清楚自己该对哪些事负责任。

我只是想让东方先生感到抱歉，结果同一时间东方先生就断气了。而且现在想起来很可能因为多余的反作用力，在这天晚上之后，我与小胡子雇主的专案才会像相态转移瞬间的分子们，完全嘉年华式地喧腾失控。那时我跟小胡子肩并肩盯着桌上那堆运行到一半自行解体的塑料喷头机械臂，像凝视装置艺术的一对高中生小情侣。

于是我以浪人身份一路接案赖活着。虔诚上缴网络费，诵念我不一定能读懂的当期 *Nature*、*Science* 与 *PNAS*，每夜定时祷告，希望我喜爱的领域能回过身来爱我。

见到她之前，生活景貌大抵如此。

*

她告诉我，东方先生在退休后出了车祸，那把年纪动了开颅手术还能活下来，后遗症还仅仅只是丧失语言能力，真是奇迹。车祸后的东方先生无法理解文字与语言，对于事物的逻辑却还保留着，四肢灵便依旧，别说自己修修水电完全不成问题，他甚至还又造了几只双足步行机器人出来。东方先生的客厅银光闪耀，充满规律而圆润的齿轮组机械声。

虽然不知道契机为何，但她就和传说中的爱情本质一样，毫无预警地突然存在，无可动摇。

我当然想摸清楚她的底细。"在遇到东方先生的时候，你还是学生？"

她翻白眼的速度堪比密码输入错误时的警示界面。

当下我的想法是：这女的脑袋八成也被车轧过，上头也有洞。

后来我知道自己必须成为东方先生，才能完成东方先生的梦境时，就完全能够原谅她的，呃，委婉拒绝。再后来，当我真的开始模拟成东方先生，提问的动机就完全消失了。

不必与双足步行机器人相较，她也无比耀眼。仅靠互相凝视，这个年轻的女孩就这么与无法言语的东方先生相恋。

我他妈真不敢想象这婚礼是如何举行的，但是两人的照片就在桌上，纯白相框垒立在蕾丝装饰的布质面巾纸盒旁。我忍不住将相片拿起来端详，画面里东方先生的微笑让我感到无比怀念，像是自己正在瞻仰温驯而巨大的新生代巨兽化石。而相片中的她明亮开朗，几乎是幸福概念的具体呈现。

反正不能使用语言，社交对车祸后的东方先生来说也没啥意义。再说东方先生本来也就没有几个活着的朋友。于是东方先生的退休生活重心，就是对他们的家独自进行目的不明的改造工程。也许工程太远大，也许东方先生没想过要结束，总之，直到身体状况恶化到不能行动之前，东方先生没有停止他对焊枪、剪线钳、面包板的使用。

东方先生连遗嘱都不能签，躺在床上的他能做的就只有在公证人见证下，用单手轻握着她的手，然后坚定且温柔地凝视着她，直到缓缓且永远地合上双眼。牧师大概认为有什么自其中体现出来，就一边念着临终祷词，一边单手（另一手持经书）持着智慧型手机以困难的角度拍下整个过程的影片。

据说牧师的手非常稳，效果奇佳。当时看过影片的任何人都认同，如果说东方先生对她有任何一丝遗憾，也仅是这段关系不能再维持更长的时间而已。

她没办法很轻易地拿到遗产以外的部分，例如东方先生家族的认同。因为东方先生的血亲们一致认为，一个去除言语的恋情，就是去除思想的恋情。也就是说，仅有肉体跟物质哪。也就是说！有一个年轻女孩像只豺狼锁定了已经不具完整人类功能的东方先生，以自己的肉体完成了与东方先生的交易。其居心跟价值观难以忍受，对吧？

"他们还说，如果法律允许一只狗拥有巨额财产，我这种人也会去跟那只狗结婚。很过分对不对？"她抽卫生纸擤鼻涕。

其实以我的情况来看，我倒是乐于成为那种情境的主角。我完全认同东方先生在肉体方面的魅力。

东方先生在日常生活中的任何一个小动作,那移动肢体的速度、动作细节与架势绝对都只有最外显的指挥家能比拟,而那乐队就是他自己衰老的肉体,以奇迹等级的火力规格强力放送着远超过一个老人所可以拥有的睿智、讥诮、生命力与安全感。

光是跟他共处在同一个空间,那氛围就会让你下意识地怀疑自己正在参与历史的重大事件(而不是被实验室廉价剥削)。进一步说,在去除语言行为后还可以掩饰其人格的幼稚元素,堪称完美。所以我相信这两人至少在肉体层级是相恋的,而且财产跟社会地位本来就是描述现代人类的必备属性,纳入考量其实没那么糟糕。

"所以我能为你做什么?你之前面谈的那些人中,单看资历很多比我优秀。我不懂,为什么现在你选择我?"

"你说你曾是他的学生。"她说。

我没有说过我是他的学生,我只说我曾在他的实验室当工读生。

"但你喜欢他跟你分享的那些事,你甚至还帮他做了一具电子显微镜,不是吗?"

更正,不是电子显微镜,而是原子力显微镜。是做了没错。

固定探针的赛璐珞片是我用美工刀削下的。激光光源固定在结构的外框架。激光打到赛璐珞片的背面，在反射的路径上安置判定赛璐珞片弯曲程度的感光元件，然后用马达跟齿轮组等机械零件制作移动扫描样本的平台。透过机器逻辑的单晶片程式的撰写，让平台载着样本，以极小极慢的速度，一个一个点移动样本接近赛璐珞片下的那根探针。当样本接近到离探针仅有数纳米的时候，赛璐珞片的震动就会被探针与样本间的范德华力干扰。像这样把一个点采集到的高度数据回传给外部的作业系统做记录，就能慢慢地把物件的微观形状给组合出来。

　　透过轻微到极致的触碰来观看。而且那甚至不真的是触碰，保持仅仅只有数纳米的距离。我们只是捕捉针尖原子与样本原子，从茫茫宇宙里完全无关的存在，到靠近至极近距离时，突然互相吸引或互相排斥的那一瞬间。很美对吧？

　　用胶水和螺丝组装这玩意儿，撰写硬件平台行为程序，软件平台的数据读取与成像，加上后续调试，基本上都是我独力完成的。

　　原子力显微镜当时市价大约一台三百万新台币。叫一个学士工读生用随处可见的零件从无到有地组装出来，这样美好的经验，让我在接下来的人生都活得像在永无止境的败部复活赛之中。那种,被神圣存在眷顾又被抛弃的,败部。

"你是最后一个一起跟他待在实验室的学生。你知道他的兴趣,你知道他对自己工作的幽默感,或者他的才气,或者工作时的性格,我永远无法知道的另一面。我想只有你才能帮我。"

True. 噢不,我应该说,好吧。可是我还是听不懂我能帮你什么。

"这里的一切,就是他留给我唯一的事物了。我其实也不在意房子,但是,我好想知道他在想什么。我从来不懂他在屋子里的那些敲敲打打是为了什么,我想,可能只有跟他一起工作过的人能够揣想他的想法。"

只是我们甚至不能判断那样的行为是在正常的精神状况下进行的,很可能根本没有意义。很可能……只是东方先生的梦境。

"那就帮我重建他的梦境吧。"她说,没有犹豫。

跟东方先生过世时,我悲惨失败的自我复制机做个比较,对于一个被过度干涉的任务,还有根本无从规划起的任务,不知道哪个更糟些。

我知道自己根本没有认真考虑就答应了。也还记得我听到自己说:"钻头放在哪?"好像我真的很渴望执行一样。

这表示我根本就错估了任务的复杂度。事实上，在接下来的日子里，我甚至主动定期回报，且让她参与决策，让一个根本无从规划起的任务同时成为了一个被过度干涉的任务。工程师与乐观主义向来是密不可分，从这件事可以看得清清楚楚。

虽然说任务本身根本无从规划，但角色的分工定位从来就不需要顾及实际需求。我来负责猜想东方先生的意图，是否依此理解完成东方先生的残局由她来决定。先不说我到底有没有猜到东方先生想法的能力，或者有没有执行工程的能力，她也没有保证她有决定的能力。

初期回报的理论大多是根据东方先生所留下硬件设施，捕风捉影得来的猜想。举例来说，我注意到了墙中埋藏了大量感测器（光学、温湿度、距离）、水平仪与陀螺仪，等等，甚至重力 sensor（传感器），整栋房子内部的所有空间可以说被全方位地记录掌控着。

那时我每周固定花费五天，使用各式水电工具来破坏东方先生故居的内部装潢，戴着耳塞，双手感觉令那些坚硬之物粉碎的震动回馈，老实说还挺舒压。我坐在铁梯上，将其中一个红外线距离感测器拆下来。下探身子伸长手，传给站在一片狼藉碎墙之中的她。红外线距离感测器小小的，不过小指甲一半大小。那些小小的感测器都藏在一个小小的孔洞后方，而那些孔洞像是棋盘坐标点般密麻遍布了所有墙面。

"所以他可能想记录我的一切？"她问。

有可能。但我联想到了量子芝诺效应，当我们对某个微型物体的变化进行观测，在最长最密集的观测之下，将可以使被观测物静止下来，即便是光也不例外。

东方先生梦境猜想之其一：也许东方先生自知死期将近，想要冻结你们相处的时光。

她大笑。"那你盯着我不也是光学上的观测，我的时间也就应该要停止啰？"

我仔细检视一遍她的身体，试着认真评估东方先生真的这么想的可能性。

她停止笑，然后爬上梯子，凑近我俯身下探的脸。铁梯因为我们两人的重量与动作，发出叽嘎声摇晃着。

"在这老梯子上好恐怖。"她仰着头，离我很近。

是因为你也跟着上来才恐怖。我闻到她的香味。

"可是这样有用吗？"

什么？

"光是看着彼此，就能让这里的时间停止。"

我不知道。

"可是你刚刚说了什么效应的。你也说他可能就是这样想的。"

量子芝诺效应很少有在古典物理的环境发生的例子。至于东方先生的意图嘛,就算他真的这么想,也不保证这真的会发生。我说过我们不能确定他的行为是理智的了……嗯?

她吻了我。我觉得自己快从梯子上跌下去了,因为她的两只手捧着我的两颊。好险在重心倾倒的前一瞬间她放开了我,这个阳春的吊桥理论模型终于又复归平衡。

"我相信他就是他,"她说,"他一定知道自己在做什么。刚刚这算是观测吗?"

什么?

"如果形式不限的话,这也算是用我的嘴唇观测了你的嘴唇。你有感觉时间变慢了吗?"她说。

等等——

"至少我感觉时间变慢了。"她说,"我相信他。"

这不科学。

"你答应过我,会帮我重建他的梦境吧?不是批评,是重建,继续完成。"

对。噢,我发现问题在哪里了!我毕竟不是他,梦境太私密，除非我成为东方先生，否则我绝对无法完成他的梦境。

"那就成为他。"她说。

哪方面？

"一切。"她说。

*

一个不能批评、不必科学的工程。事情就是这样进入了第二阶段。首先，工程任务变成多线进行，还有松散的相依性。为了继续完成东方先生的梦境，我必须构筑自己与东方先生的妻子的爱情。为了构筑那段爱情，我也必须要将自己构筑为东方先生。无论哪一项都是大工程。

除了上述的三个工程以外，虽然芝诺效应路线没有被正式承认，但是因为实作上的门槛较低，她就建议我们索性实验下去。也很有可能对核心的任务有帮助，像是与她的爱情这一部分。

我会努力。我说。

为了维持条件的一致性，我们总是在上午九点左右开始进行观测实验。实验需要谨慎地控制变因，像是去除物质遮蔽——例如衣物——的观测，就需要尽力确保除了衣物以外的一切因素不变,像是姿势、我的观测角度,等等。

因为实验时间较长,环境的舒适与否也就变得重要,所以我们选定在卧房进行实验。她穿着宽松的睡衣躺在双人床上,然后摆成要求(大多是我们共同制定的)姿势。作为观测者的我则用铅笔将其体态精准地素描到方格纸上。其实也可以用相机,但因为相机的取景与双眼是有差别的,要准确掌握立体感需要两台相机,动作校正过程的回报也缺乏效率。等她按下,我就会去协助她将她身上的睡衣脱掉,进入赤裸的对照组。然后我需要坐回原位,根据方才画下的素描来检查姿势是否走位。

"右手肘再往上边移两厘米。"我指示。轻触她的肢体,直接引导,她就像玩偶的骨架那样被动,但灵敏且乐于合作。我轻轻扳弯她的手指:"从我的视角来看,右手无名指与拇指正好会在空间中形成一个椭圆。像这样——"

指引用的触碰必须非常地轻,甚至指尖的肉几乎不能产生形变,只是接触一个点,或是比一个点还要再多些的面积。因为这样才能足够精确,不让她的肢体紧张,形成短时间内无法察觉,但也无法长时间维持的姿势。捕捉内部肌肉维持姿势的方法。

我只提供资讯而非力量,我的指尖在她手指的触碰,等于我的指尖被她手指读取。我的触碰越轻微,她就越放松，且越专注。

每一次触碰与指引都追求效率，持续时间以秒为单位。在心里我想象人类筋肉与骨骼的牵引系统，与动作的相依性，像是前臂肌群与指掌动作的绝对联动关系：要处理手指的姿势就必须先处理手腕的角度。从核心肢干到头颈四肢末梢，我的手指在各部位间快速而有系统地跳跃，像海风梳理细软白沙。

我的指尖被她的肉体那样快速而密集地观测，依东方先生的逻辑，时间大概是会变慢的。不过就算变慢了，那也只是我的指尖。

"咦？"她抱怨说，"我感觉我刚刚不是这样摆的呀？"

有可能是我的人为误差。不过也有可能是你的印象被衣物包裹的感觉混淆了，人对于肢体精密动作的记忆是需要训练的。

"喔，好吧。所以下个动作会是什么？"

如果要照我们讨论顺序的话，应该是戈雅的玛哈。

"嗯。我对横躺的主题有点腻了，而且裸体玛哈的胸部形状我根本摆不出来，除非我们做一个小小的铁丝架把我的右边乳房定型。一个半球，朝向天空。"

她扭了扭身子，让那对梨乳晃呀晃。

那有点可惜，玛哈是少数有着衣版本跟不着衣版本对照的作品。而且裸女绘画中,横躺姿势可是压倒性地多,虽然没有正式统计,但我个人猜测大概占了该主题作品九成五以上。

"那就不要绘画。"

好的,让我想想。丹尼尔·爱德华兹的布兰妮·斯皮尔斯雕像如何?那个姿势是双膝双肘着地,不是横躺。乳房只需要自然下垂,完全不用跟地心引力对抗。

"那有点重口味。我又没有怀孕,更别说是分娩中了。我也没有一颗熊头或一双熊耳朵可以让我抓。而且……噢天哪!"

怎么了?

"我就觉得哪里怪怪的,我现在才想起来。雕像没有体毛。"

是没错。不过,那对实验本身并不重要,你只需要前后的姿势一样就好了。

"不行,问题不在这里。你难道没感觉吗?"

呃。抱歉,什么感觉?

"当我穿上衣服的时候,体毛的概念对你来说是不存在的。所以当我脱下衣服的时候,体毛也不应该存在。这样才有对照的意义,不是吗?"

有点道理,让我想想。

"而且体毛也阻碍我的某些部位被观测了。"

这……应该要看你是否将体毛视为你自身的一部分？

"我觉得不算。在下一个动作前帮我处理。"

我会努力。

然后我拿着刮胡刀,将刮胡泡沫薄覆于我要处理的区域。

听说刮胡泡沫可以软化要处理的毛发,减少刀片对皮肤的伤害。我自己这辈子根本就没用过这玩意儿,不过身为工程师,长年以来对自己的训练已经完全内化了,让我自然渴望在每一个步骤都谨慎且力求完美。

当然很多时候连我自己都不知道,自己当下对完美的定义是不是有意义。像现在我连刮胡泡沫的使用是不是有其效果都不太确定。但在工程师的职业伦理中,全力以赴的基本就是要考虑每一个未曾考虑的可能性,而且连同成本与风险纳入可能方案之中。如果有一颗好的数学脑,透过抽象化,这些评估会容易进行得多。

如果在此事的执行上不够虔诚,之后一旦灾祸发生,我就会对过去每个不够虔诚执行的子任务产生怀疑。对过去的自己产生怀疑是永远无法补救的,这样不可逆转的结果是,年复一年,我将会越来越鄙视自己。如果错失了更加合理的解决方案,我就是个浪掷机会成本的罪人。更糟的是，如果安于重复自身，而错失了犯错的机会，我就是甘于无知的白痴。

我对眼前盈盈白沫中，那些如蛇鳗蜷曲、粼光万顷的毛发如此专注，也许是因为某种未完成的奴性或爱，但那些未完成的奴性或爱，更可能是我根基于经验主义的自私行为，而其中自私的终极方向又在于，渴望这个世界是完美滑顺的。

我拿着松软扎实的栗色毛巾，用右手边红色塑料脸盆中的热水沾湿，小心地清理她身上的刮胡泡沫。下压力道适中，太轻的话很难将滑腻的刮胡泡沫拭净，太重的话会无法在擦拭的同时感觉到毛根是否平整。毛巾对折后三折，单面只擦拭一次。所有面都用一次时，丢到热水中洗净泡沫。拧干时对折后扭转两圈半，力道不能让掌面发痛，毛巾的含水量才会刚刚好。

她的皮肤是我的平方千米阵列计划——我所面临的，东方先生心智的宇宙初始电波探测器——我必得虔敬。

*

可能的社交工程理论之一：人与人之间要建立联系的门槛为零。即便只是触摸都可能留下印记。倒不如说，为了维护自我的意志能被贯彻，如何绝断或者限缩与其他个体间的关联发展，才是人类在群体间被自然磨炼出来的独特技能。

而会需要限缩联系建立的理由，根基于另外两个社交工程公理。其一，两两个体之间的联系是作为事实存在的，因为是事实，所以于记忆完整的前提下，在时间轴上不可逆反。其二，在伦理学的广义自我定义下，个体之间的联系等价于对于自我的扩展。换言之，随着联系的增加，自我冲突的可能性就会指数成长。而解决冲突的成本，通常远远高于限缩联系的成本。

但透过适当的契约，我们就可以将所有的风险抛诸脑后。是的，这就是作业系统管理方案中经典的虚拟机概念。只要双方同意接下来将发生的一切，都只存在于他们所建构的世界之中，就能避免被外在联结的无穷稳定性影响。只要双方有能力控制接下来将发生的一切，都只存在于虚拟的表层，例如两个及时建立的人格与身份，那么虚拟系统中发生的一切，都不会直接影响到宿主系统。

在摒除安全性失控的可能性之后，我们就能以超越任何正常社会关系所能抵达的最高速度，以各式各样的部位或形式，建立数量超乎想象的繁密联结。当然，如果设定的虚拟人格之间出现矛盾，系统就会崩毁或因为循环需求进入死结。但虚拟机的好处就是，一个系统搞烂了，立刻删除重建一个干净的虚拟系统就行。一切的谈话、互动模式与承诺的资料都回归虚无，我们又重新成为初恋前的处子。而所有的操作流程跟系统配置档案都安全地存放在外部的宿主系统，可供我们系统性地分析并重新调整关键的配置。甚至不需要从零建立，可以储存特定时间点的系统状态。但因为完整的系统映像会耗费大量的储存空间，以 A 星演算法（A＊-Path-Search）为基础去探寻最佳路径才是可行的做法。

虽然理论上我们两人理想的起始配置方式，应该是我往东方先生的方向探寻，而她永远只需要维持自己的基础人格即可。但是对初次实践的人来说，很难分辨得清楚与自己人格完全相同的基础系统。基于安全因素，她需要先尝试几次完全迥异于她原生人格的设定。于是我们动员了迈尔斯－布里格斯性格分类指标的十六种人格分类，从与她完全逆反的属性开始试图扮演新的人格。举例来说，如果原生人格设定是思想家型的 INFP，就会从管理者型的 ESTJ 开始扮演。只要她宿主人格潜意识可以理解，在扮演上越多的投入会带来越多的乐趣、自由度与安全性（对宿主系统来说），下一次虚拟系统的建立与启用就会越流畅自然。而完全逆反的人格，通常可以带来最多的乐趣，因为辨识虚拟系统范围的演算法更容易实作,所以也最不容易伤害到宿主系统。

无论是什么样的人格,在拿掉限缩联系的刹车器后,都能进入建立联结的高速正回馈循环。所以我们的关系发展得比两个互相接近的旋涡还要快,互相吞噬的强度比强力子作用力还要紧密。当然,崩溃与幻灭也会以同等于我们拥抱的速度迎面撞来。

第一次虚拟系统崩毁是在运行时间第七天后。那是在傍晚的厨房,我正在她体内,正在扼住她的脖子,也正在射精。她的右脚正试图钻进我的腹部将我踢开,完全自由的左手正反握一柄水果刀。直到那时我们才喊了指令,重启系统。我想我们其中一人正在准备晚餐,而这个过程中我们的人格、权力分配与价值观的冲突经过了七天的累积才完全浮现上来。

根据事后检讨,表面的导火线是德国香肠的肠衣没有她想象中的脆,但是我坚持享受当下的乐趣才能让彼此幸福,所以拒绝接受有关德国香肠的失败评价。其实早在前几天就有同样远因的事件触发机会。但我们太兴奋,太舍不得离开那个情境,所以才过度袒护了彼此(此处的标准无关伦理,单纯以实验效率为唯一价值),这么晚才让冲突被触发。直到最后一刻才喊下我们约定的暗语,系统的重启指令。

我本来有点担心，她会开始退缩。她在我怀里大口喘气，表情看起来还是十分惊恐。我想我的表情大概也就是那样。

"我是我？"她没头没脑地说。

不然呢？我问。

"傻瓜，不是那样。"她大笑，将水果刀丢回桌上，抚摸我的脸颊，"不过我知道你回来了。"她说，在系统重启那一瞬间，我简直就像是从她体内突然融化了一样。借此她知道虚拟系统的我真的就只是虚拟系统的我，而那个我也已经消失了。

虽然花费了过多的时间，但至少对宿主人格的安全性单元测试已经通过。我们也建立了尽量不在厨房触发事件的基本共识。

循环复循环，每一个在卧房素描的新生早晨，我们都对相爱相恨的回路越发熟练。虽然第一次我们就已抛下一切向前疾驰，但显然经验还是能润饰流程，让轨迹更加合理。虚拟环境中的我们掌握了彼此弱点的大量资讯，同时以这些弱点为基础构筑更出其不意的魅力，本来我们还需要以言语承诺温柔、以行动展演温柔，但后来我们的心智结构本身就是温柔。

是的，可能的社交工程理论之二：两个体的心智结构在稳定态的耦合程度，就会是两个体耦合程度的稳定值。也就是说，在非稳定态（对自我的错误评估、激烈情感或特殊情境）下的言语、行为、承诺、利益等非稳定态的外显行为都只是表面的接合剂，且因其非稳定态本质具有时效性，所以观察的时间轴越长，单一外显行为的影响就越显轻微。但如果能确切地区分非稳定态的外显行为与稳定态心智结构的本质，并且进行操作，即便操作时间很短，也能保有极高的模拟价值，其准确度将只取决于足够实验信度本身。即便只是一天，也能代表逻辑上的永恒。

换言之，只要（对稳定态心智结构的）操作技术足够成熟，我们的爱就可以更快、更轻松、更安静、更紧密、更持久，也更泛用。

尝试迈尔斯－布里格斯人格分类的最后几个选择时，我们甚至在同一日的晨光与夕照之间就完成整个循环了。只需要一个上午的时间，我们就能最佳化彼此心智表层的形状，本来像是世界地图上划开海陆的碎形海岸线，经过最佳化，就能在保有绝大部分资讯的前提下变得平整滑顺。只需要用合适的角度靠近，就能互相嵌合。因为接合过程的平顺，在夕阳西照，决定重启时，我们也能平静相视，迎接此次恋情的死亡,一如涅槃。

也许是这辈子第一次,在实验过程我开始意识到自己的年轻。也许我们对自己的衰老与否的判断方式,只决定于从伤害中复原的速度,与对伤害的畏惧程度。

也许这么多年来,我就只能算是个尸居余气、软弱的人。也或许,经过这么多年,在东方先生遗留的这个培养皿中,我终于活成了一个小屁孩,一个贱种。

最贱的地方莫过于,我居然还有余力从那种完美和谐中清醒过来。

*

所谓的清醒与否,也仅是一种错觉。当个体认知的资讯系统够多,彼此冲突,不断提出新的问题而且彼此毫不相干,超过他的心智(先不管是不是喝了太多酒)所能处理的时候,他将会在他自身构筑的理论之海中,溺水。

事实上,任何一个认真去吸纳资讯的个体,都可以轻易进入这个溺水的状态。换言之,除非你的心智十分之单纯,也只愿意处理单纯的任务,你是无法保持清醒的。

虽说如此,我们还是得逃离心智溺水的状态。在溺水的状态之中,思考的效率是极度低落的。如果习惯了溺水的状态，很可能也会遗忘思考的节奏跟技巧。

探头换气的方法很单纯：放弃挣扎本能，选择一个系统，专心追索。

所以我必须为我自己描述一个问题，一个我此刻正隐隐意识到的疑问。

我看着她。

"干吗一直盯着我？"她正裸体下腰。

首先，我搞不清楚，我是在观测她，还是透过她的身体来观测我自己？还是透过我的重现来重新观测整个世界？还是某种更抽象微小的事物？

如果东方先生的思路曾走到这边，他会想到什么？让我假设，东方先生的工程是有明确目的的，而且他死前必定服膺某种浪漫。在我看来，物理学就是人类对于宇宙浪漫情怀的终极聚合物，所以东方先生没有理由不是个浪漫主义者。

东方先生处在一个封闭的宇宙，然后她出现了，带来另一个封闭的宇宙。

东方先生梦境猜想之其二：这里是封闭的宇宙，必须安置一个通道。好让你有机会离开这里，或者让像我这样的人进来。

"我错了，你不该是我的观测中心。东方先生既然观测这个空间，就表示这里就是宇宙。"我恍然大悟，"你是宇宙的中心。"

"我喜欢你这样想。但与其说我是中心，不如说我是宇宙的母亲。这里是因为我才存在的。"带着一抹媚笑，她说。

"你是这个宇宙的子宫。"我说，"但当宇宙的子宫也具备子宫，那么，那里头会催生什么？"

"不用介意。既然我是宇宙的起源，那么我里面，就是宇宙之外。"

"我如果要逃离这里，就必得进入你的体内。"

像克莱因瓶（Klein bottle）一样的子宫。曲折而黑暗、温暖而湿濡，还有窄小。是的，自由一向如此。

"对，但即便你那么做了，逃掉的也不会是你。"她笑说。

她说的合乎逻辑。于是我自由地曲折她直到极限，让她呈现出我所理解的，不属于语言的真理。

如果她喜欢那样想，那么那在我的任务中将会成为真实。如果我再也无法离开，那我面临的已不仅仅是一个工程任务而已了。而是作为一个生命有限的个体，面对广袤星空如何自处的问题。

假设我就是东方先生,我会用什么手段让她自由地离开这个宇宙?或者,让另一个我进来这个宇宙?

也许我可以将所有感测器的讯息全部上传到网络上,当作来自遥远宇宙的讯息,供与东方先生有同样灵魂的人追索至此。也或者,我可以提高与她交合的频率,像个啮齿类那样持续灌注精液,直到她可以从自己的体内抽出一个婴孩,另一个新的宇宙。

但是不,不,失去语言的东方先生不可能会依赖只有语言的网络。他的健康状况也不允许他变成交合机器,况且,光是交合根本用不到那些繁杂的器械与感测器。

我需要摒除那些派不上用场的杂念。我需要变成东方先生,我需要更加虔诚。

*

前置实验的成功,与连带的技术资源,让我有足够的余裕投入下一个有重要相依性的工程任务——将自己构筑为东方先生。因为密集的稳定态人格操作练习,现在的我对重现东方先生的人格是有把握的,毕竟除去记忆,可辨识的人格特征只是极有限的离散元素。说是这么说,不过我能掌握的依然只有表列出来的东方先生外显特征,以及当年在实验室与东方先生相处的记忆。而她所想重现的东方先生，也只有她才知道。

除去人格配置的问题，构筑东方先生的要点还是语言能力的阉割。要做到自我管理，完全不使用语言思考有点难度，而且其实我们也无法判定东方先生在自己的大脑里能不能用语言思考，毕竟他只是不能与外在世界的语言与文字符号互动而已。

如果只是外围的应用程式界面出了问题，我们就可以透过外在的工具来模拟出类似的效果。

"这不是废话吗？告诉我该怎么做就好。"她说。

"阉割语言，也许我们可以先把这栋屋子里的文字都抹除掉。"我说。

我们买了一堆封箱胶带跟便利贴，然后试着用它们盖掉有文字的任何器具。

东方先生的屋子现在看起来就像个闹鬼凶宅。

"也许我们应该换个做法。"她说。

"呃，没错。这个做法没有可携性，无法到室外落实，而且也会影响生活空间的功能性，可以说是有着明确的副作用。"

"这不是废话吗？"她说。

她抱了两叠列印出来的光学字形辨识图形演算法论文，

丢到我面前。

两周后，我们就拥有一副可以扭曲视野中文字的眼镜了。

这样做法的好处，是让我能保有最大限度的现实世界资讯量。甚至还能辨认出文字的存在，而我仅仅只是无法读懂它们。

听觉的部分也使用类似的做法。用特制的双层耳道式耳机，用粉红噪音搭配主动降噪技术模糊人声的主要特征，让路人的话语都像海面底下的鲸豚鸣声。

我全天戴上那些语言能力抹除装置。反正，语言能力之于生活感，是几乎没有任何影响的。移除语言，对一个机械工程师来说，只是再也不用费神应和无趣邻人的无趣对话。不用花费心力过滤垃圾讯息，或者痛苦分析不精准的表达。不用伤神构筑深入浅出又不伤对方自尊的输出讯息，或者再三修正这些被送出话语被刻意扭曲或错误诠释的影响。

任何对语言的信仰，在东方先生的国度之中都会消弭于无形。一切都只是现象，而现象是不会允诺任何事物的。既然语言无法真正允诺什么，那么离开它们也不会损失太多。

在这充满噪音却没有语言的世界生活，我感觉到了什么,但一直未能辨别清楚。我本来以为是孤独,但花了许多时间,我才发现那不是孤独。

那是意义剥除后带来的轻盈失重。

当我还需要跟任何人对话时,即便那只是应付性质的话语,我都还是得强迫自己运行猜想对方的价值观,不然无法发话。但就在那过程之中,对方的价值观乃至于世界观就在我心中种下了。

好吧,可能的社交工程理论之三:当你与一个人建立联系的同时,那人背后的整个世界也就与你建立了联系。

虽说任何内部程式都可以借由补丁将它们的影响无效化,不管是有条件地过滤它们,还是为它们标上信度标签,但你都还是需要主动辨识它们。但讨厌的是,其实你很难一一过滤那些藏在表象话语背后的东西。你甚至会为了让自己在谈话过程中好过一些,让自己尽可能地与对方同化。以危险程度来作优先度分级的话,无论如何还是会以维持谈话过程为优先吧。

各式各样的价值观蠕虫会在我进行对话的同时,让我觉得优越或者焦虑。虽然其中有一部分我以为是我有意识地拣选的。即便像我这样自觉孤僻的工程师,也不知不觉开始依赖这些小东西,让生命看起来更像一个设计良好的游戏。

所以无可避免地，我的系统中爬满了各式各样的文化蠕虫、价值观蠕虫、世界观蠕虫，而我毫不在意，也没有理由去在意。反正我又没有因为这些蠕虫当机过。我甚至没有察觉它们的存在。

但是在东方先生的世界之中待了这么一阵子，它们失去了对话的掩护，逐渐暴露出自己的身形。剥除社交联结之后，它们看起来都一样毫无道理可言。我感觉的轻盈失重，是我多年费力定义的人生游戏被解构之后的，微妙的茫然。

我想这样的经验势必因人而异，但我很讶异地发现，自己过去定义的游戏似乎不那么好玩。也许我就是没有游戏设计的天赋吧。所以在这个状态中，才会在茫然之中感觉到了和谐。

而在东方先生的世界里，我的欲望与死亡紧紧相邻。不是渴望死亡，而是与死亡事实在去除其他影响之后以其该有的姿态存在着。不是以可能的年份为距离，而是以一种无神论者特有的、吞噬万物意义的碎纸机黑洞形象，安稳可靠地坐落于客厅一角。它应当被使用。

啊，就像宇宙的垃圾回收机制。虽然连记忆体本身都销毁是有些过分就是了。

在这前提下，一切遂成相对虚无的，可能性与可能性，意义与意义，两两交换用的闪亮代币。而其中就存在更丰盈的高面额款式。

我与她的人格模拟实验依然在进行，更精确地说，是我对东方先生的人格与爱情可能性的模拟实验，她只是共同执行的判定者。

在意识到死亡的前提下，这个实验反而越发有趣。因为我不能使用语言的事实已经被确定了，所以暗语的形式必须改变。最好是我们双方都可以及时执行，而且强烈到足以让对方清醒过来。最好还不要有伤害对方的危险。

事实上，我们忘记讨论这件事。我已经戴上语言能力抹除装置，而且也开始了模拟实验，应该说是无语的恋情对我来说实在是太有趣了，光是建立联结的方式就得全部重新发展。我没有清楚记忆花费的时间，但应该是很多天。因为失去语言之后，连发展冲突的方法也得再度摸索。

总之，我意识到的时候，已经到了必须重启虚拟机的重要关卡。而我不该使用语言。

我看着她。

她看着我。

连这么重要的需求都没注意到，我觉得自己不如死了算了。

所以我就让自己死了。直接失神瘫软在地板上。

我们很快就发现这远比暗语来得合理好用（新技术的发现果真需要一些运气）。

我们无语的爱情，遂开始变成以死相胁的爱情。

"如果我所爱的人一个都不存在了，那么还有什么活着的意思呢？"我仿佛听到她这样说，虽然我应该是要听不懂的。

我们开始日复一日地死去，且死得越发真诚。

关掉记忆，关掉感官，关掉呼吸跟心跳。

但我忘记真诚是危险的。真诚就是授权系统的核心存取权限，危险指令的执行权限。一不小心，就会伤害到系统。

而因为那真诚，我的记忆终于溢位。我开始无法辨析此刻的我，是虚拟机中的我，还是作为宿主的我？

我干脆在虚拟机中，又开启了虚拟机。

*

迷惘与清醒总是同时存在的。乍看之下这很像故弄玄虚的陈述，不过套用我们先前的溺水诠释，一旦你认知足够复杂的生命情境，是不太可能再度无知的。一旦你落入了理论之海，你的选择就只剩下拼命划水维持清醒，或者让它们灌满你的大脑。

也就是说，迷惘才该是常态，清醒则是一种令人上瘾的、有趣的、刻意构筑的例外状态。

所以巢状虚拟机的定位问题该算是小意思，不要太惊慌就死不了人。反正这并不会真正影响你的逻辑能力。换言之，只要妥善将目标任务切割成够小的项目，各个虚拟机生命周期的你，还是可以稳定地将目标项目向前推展，顶多是慢了一点。

换言之，各个虚拟机生命周期的我，可以穿越各自的经验宇宙，一起来构筑我们一致认定的圣杯。如果我们有的话。

除了机械实验，我依然买菜。

买菜。做晚餐。漫游。摆出奇怪的姿势。让她摆出奇怪的姿势。跟她做爱。或者同时进行上述的复数项目。

无比焦虑，但安详也总是触手可及。

总之此刻她实在不应该在厨房舔我。

虽然我也不应该光着身体。我还没想起来自己为什么光着身体，所以不便发作。

我扭过身来，看着她的脸。看她会不会说一些我无法理解的话语。

她没有理会我。只是持续进行。
我决定设计一个我们都会喜欢的东方先生梦境蓝图。

只要我说出来,她就会认同的。
于是我拔下我左耳的语言抹除耳机。
她知道我要说什么了。
"不舒服吗?"她问。
"呃,不是那个方向。我的意思是,我想到一些东西。"

东方先生梦境猜想之其三:包含她与东方先生本人在里面,整栋屋子里的一切就是双缝实验。

东方先生认为近代物理最美的双缝实验,量子物理的圣经。任何人只需要两张不透光厚纸加上一把划出细缝用的美工刀,就能观察到光子的波粒二象性。它被托马斯·杨设计出来时,是古典的一八〇一年。而直到二十一世纪,它背后的意义都还被激烈讨论着。

平易近人,你可以在你想要的任何时候去看它。仅仅是存在而已,就允许你为它思考一辈子。

她与东方先生在这实验中会是一个形而上的双缝,而我这样的外来粒子,就是一个单独击发的物质波。我本来可以认为自己是物质,或者是波,但我却同时经过了她与东方先生。而且经过了这两个狭缝的我,对彼此产生了干涉。

但是单一一个粒子的落点,是观察不出任何趋势的。我们必须不断重复击出粒子,非均匀散布的图像才会证实自我干涉的存在。

如果干涉存在,也就证明东方先生的存在。

东方先生留下的那堆装置,就和我在客厅留下的自我复制机残骸一样,都是我们人格粒子的落点。

无数的赤裸着的我被射进这个世界,撞击、死去与新生,这个梦境猜想便得以实现。

我心中的东方先生在最后的最后,依然记得实验的浪漫。

毕竟实验只需进行下去,得到结果。

不必允诺任何事物。

火活在潮湿的城

火曾经是人。

那人已经死了,自从火被点燃的那一刻。现在人形的皮肤底下,装的是满满一袋的橙黄光焰。

火走在淡蓝色、多雾的城。走在躁动的车辆之间。到处都有工程机械,仿佛整座城市都在施工。升起,它们将沉重的钢铁吊进天空,挖掘,每一下刺击都在震动大地。

火走在天空与大地之间,轻盈软弱。

那人留下的一切,都是火的柴薪。白昼燃啃血肉,夜晚燃啃记忆。

在晴天,没有人可以辨认出火。阳光比所有的火都明亮,都炙热。与阳光相比,火的亮度实在不太明显。在夜晚，站在路灯的暖橘光源底下，你也很难辨认火是否正在发亮。你必须把火带到最深的暗巷，就是那种一切规范都会被掩盖的那种程度的黑暗里，火才会明确地被辨认出来。幸运的是，这样需要见证的阴暗角落，在这座城里到处都是。

火今晚也走进了这样的暗巷。

女孩背着大提琴，正要回家。在路灯都无法触及的暗巷之中，几近纯黑的视野里，看到一个橘色的人形光源。

女孩看到火正在对她招手，并且说出一个字。但是火太害羞了，发音不是很清楚，以至于听起来像是咒语的一个音节。

"嗨。"女孩停下脚步，认出火了。他们是同一栋公寓的邻居。

女孩不知道，其实火对每个人都会招手，但绝大多数的人根本就懒得理会火，火在大多数人眼里跟街头递问卷的推销员没啥两样。绝大多数人回应拒绝的手势，或者是驱赶的手势。

火连忙对女孩解释。

"火创造另一个火的仪式？"女孩说，"那么就容我拒绝啰？"

女孩走了，往地铁站的方向。火会横跨城市，一步一步走回去。

火有很多疑惑。那些疑惑就在长长的行走时长长地被思索着，在城市的表面留下一长条灰烬。火常常需要在路障前头转进另一条街道。以至于火身后那条长长的灰烬，歪曲得像在编织什么。然后总会有雨洗净一切。雨水将一切都带回水道。

火最常思考的疑问，就是火的意志。火总觉得这有点好笑，身为被火的意志驱赶的火，却永无止境地对火的意志感到疑惑。

火的意志好像很单纯，好像只是继续燃烧。例如说，让一个现象在时间长河里发展变形，好像就符合火的意志。徒劳但顽固地对抗熵，好像也符合火的意志。

但是火又很清楚知道，没有什么是可以永远燃烧的。尤其这又是座潮湿多雨雾的城，要燃点什么都要花费多一点的力气，不然几个路人吐出的潮湿缺氧的空气就足以熄灭弱一些的火苗。吹熄火苗甚至是多数路人的直觉反应。那些人行道上细心移植的火苗，火的血肉，在火的眼前被以嘲谑的（也有些人是严肃的）态度吹熄的时候，火总觉得有一部分的自己死了。

火是会痛的。只是,痛是火每分每秒都会感觉到的东西。窃取一个躯体,就要承受它所有的伤痛。火啃蚀宿主肉身的每分每秒,都是痛的。

*

火自己无法解决的疑惑,就会带给树。树跟火之间常驻一种清澈的亲密。像生与死之间那样,一侧的事实就是另一侧的事实,那样清澈。

巷口张贴施工布告。下一个晴日,铁将排山倒海而来。

火用柔软的指节敲叩树的家门,那是在杂乱依山生长的建筑群落中,不起眼的木造小屋。每次敲门的时候,火都会怀疑整栋小屋都随着这样微小的施力颤抖。小屋就是这么脆弱的建筑,好像不太安全,也不太舒适,树很喜欢住在这里。树的安全感远大于小屋的不安定感。火也很喜欢这里随意生长在水泥潮湿处的青苔。火喜欢树,喜欢植物。火喜欢生命。因为生命就像火,生命就像燃烧。

火没有手机,也没有网络可用,所以火唯一预告自己拜访的方式,就是写一张小纸条,塞进小屋的门缝。但是树自己有决定要不要见火的自由,它喜欢让自己保持忙碌。

在十几米外,邻居养的狗一直在对火发出吠声,火明明已经拜访这里很多次了,但是一直没办法让那只狗放下戒心。

火等了好一段时间。火正想,也许树今天不在,门就开了。

是树。它披着的人皮无法让它看起来更柔软,但火能感觉到,它内里坚硬的时间足以承载数个世代的情感。

树爽朗地表达欢迎。树把它的指头伸进火的嘴里,燃烧就是火的名字。

"我记得你要来,只是刚刚正好有从观测所打来的电话。"

火扭捏了一下,没有进门。我是不是选了很糟的时间过来?你是不是正要出门?

树的表情不会改变,也或者会改变,只是要以世代为单位。

树的表情可以有各种解释,看起来可以像放肆的笑,或者悲痛到扭曲的哭,也或者什么都没有。

火总为此感到不安。树的天赋是忍受。但火不想被忍受。

"没事。今天下雨,铁的队伍还不会来。"树说。

那水库呢?火问。

"雨没降在集水区。"

在它们说话的时候,邻居的狗依然在叫。狗很尽责,也充满渴望被宣泄的活力。火没办法让那只狗习惯自己的造访,火对此有点沮丧。火希望狗有一个记得会带它散步的好主人。

树的木质小屋里没有椅子,但是地板都很洁净。

小屋就是树的先祖们,它们是漂洋过海的种子。在这片山坡上依靠终年的雨水长成自己的家。正好可以容纳自己的,自己的家。

跟树盘腿对坐,火发现书柜里多了一颗小小的松果。

火想到了……那些行道树。

"别人给的小纪念,不过你可以拿去。我本来是想拿来贿赂附近路过的小学生,让那些小大爷跟我多聊两句。"树问,"怎么了?"

火摇摇头,举起手,手臂上有大片伤口,露出里头的火光。

那天晚上火待在树上,想用身体保护行道树。就因为这样,被建筑公司的铁认出是火了。在法律上,火跟人是不该有分别的,但铁对人还会有些顾虑,对火就敢做出很粗暴的事。铁说:火待在树上,就犯了公共危险罪。然后铁锯断了支撑火的枝干,让火掉到地面上。

"但是你明明就是为了保护行道树才去的。"树无法理解。

没关系，对火的意志来说，迫使它们行为，行为彰显本质，彰显本质就是照明，让大家看清彼此，或者，看清自己。照明是有价值的。

啊，很痛。火盯着自己体内燃鸣的苦痛，活着是这么痛的事。为什么以前活在体内的那人要让火取代自己？留下一副空荡皮囊。

"因为他是痛过的人，才会愿意被点燃。"树说，"他觉得，既然都是痛，不如痛快一点。"

火不知道对此该做何感想。如果跟自己没有关系，火大概会觉得那人很勇敢，大概。

火现在感觉树的表情是笑。当火这样感觉的时候，树的样子特别好看，没有在脸上某块皮肤留下空白的感觉。有些调皮，但没有酸苦嘲讽。能这样精准掌握自己表情层次丰富的讯息，是火崇拜树的诸多理由之一。火唯一擅长的表情，就是迷茫。

"最近也有新的树被嫁接过来。"树说，"改天在宽敞潮湿的场合，我可以介绍它们跟你认识。"

真厉害啊。火觉得根本就不会有人会被自己点燃。火连自己存在的价值或意义都不太确定。火觉得自己完全比不上树。

"想点燃我吗?"树问。

火回答了。作为火,渴望点燃别人是很正常的。

"但你知道,我这里是不会延烧出去的。"树说。

火知道。

"那样不属于火的意志。"树说。

火知道。这城市是属于水的,水圈围一切。

树捧起火的双手,火的手是一双软软的手,薄薄的皮肤后头,只有轻盈的火焰。火记得树曾经说过,火的拳头能伤害的只有火,因为火的肢体都太柔软了。

树对着火的双手说。即便在漫长的雨季里,也有燃点存在。不管怎样,记得我爱你。

树将自己的脸颊贴住火的脸颊,火的脸颊可以清楚地感觉到,自己体内的焰火隔着两层薄薄的皮肤,正轻轻敲打树的脸颊。那一端是温暖,这一端便有痛苦正在燃烧着。树也能感觉到吧。虽然树和蔼真挚的表情可能是精准操纵的结果,但树的话有木质部的真挚。

能这样说出自己心里的话,也是火崇拜树的诸多理由之一。

就算树从来不会痛,从来不可能真正理解痛,也无所谓。

*

 这是座潮湿的城。但雨总不降在集水区。
 深夜是用水管制时段。
 火在厨房，装了半杯水，用旧牙刷清洗那颗松果。
 松果遇水收合起来。火吓了一跳。
 你也是没有生命，看起来却像活着的。火想。

 躺在窄小公寓的瓷砖地板，没有开灯，火喜欢这样。只有在这种时候，火才能重新调整自己的感官。在黑暗中，发着温和的光热，火存在，而且孤独。
 火存在，而且孤独。听着自己胸膛噼啪作响。
 有时候火想象自己在房里所有燃质上翩翩起舞的样子，一如所有的火。
 火静静躺着。
 用自己的体温烤干手里的松果。还有瓷砖地板。
 随着水分逸散，松果又慢慢舒张开来，仿佛还拥有生命。

 有些日子，火会扮演人。它站在收银机前，穿着超商制服，拿着扫码枪逐一瞄准饭团、雨伞、洗面乳、红酒开瓶器。同时准备处理影印证件的操作、语言不通的外地人、补货上架、寻找网购包裹。

"你这样不行啦。"同事说,"来,试着保持微笑。"

火试着照做。

同事端详了五分钟,然后摇摇头。"算了,当我没说。"

隔天店长也说:"来,笑一下给我看看?"

火照做。

店长端详一下,说:"没关系,有些人是笑的时候比较讨人喜欢。有些人相反。"

从此以后,火在店里就不必微笑了。

火是因为其他的理由被同事责备的。它在空闲的时候,把一只手举高,抬头凝视指缝之间的日光灯管。空气冰凉,便利商店里的空调很强。火想象整个社会的物流系统随时依照这么小的店面需求动员的模样,货车像血球循环在土地上,一个又一个的光点之间卸下一箱箱的食物,像核苷酸或氧气什么的,火不太确定。

"喂!"本来在闲聊的两位同事,突然有一位叫了火的名字,"把手放下!"

火照做,但有点疑惑。

"看起来像人,动起来也就应该像人,不然……"那位同事说,"你可能会吓到客人的。"

两位同事开始聊电影跟漫画，火安静地听。

有人进店里，火就走过去，问对方是否有需要协助的地方。

火习惯凝视一个点。那样可以帮助火的思绪潜得更深一些。

火不太擅长说话。

作为人的时候，依照个体差异跟情境的不同，光是要理解对话背后的动机，火就觉得自己要凝固了。作为火的对话稍微简单一些，毕竟目的很单纯，就是燃烧。顶多只需要思考用什么燃烧，或该如何燃烧。

当人很复杂，当火就单纯多了。

燃烧。

有些日子，火会用来制造火。

干枯河床上，一块与蜷曲起来的人一样大的石头表面正在燃烧。燃烧面底下散着绿色的酒瓶碎片，还有一小条着火的布条。

火盯着，直到石头不再燃烧。火在笔记本上记下这次燃烧的时间。还有燃烧瓶投掷的距离与准度。

水不在河床上流动。火知道，水在更上游，那里有水库，作为城市的水源。

什么叫作极限呢？火算一下这个星球上所有活着的人类，所占的体积。

火想象，这星球的所有人都成为火。人体的比重跟水相距不远，以平均体重来逆推体积。个体平均体积乘上人类总数，差不多，就是零点三五立方千米的火。

即便这星球的所有人都成为火。别说装满这座水库，就连水库的平均容积的一半都不到。从月球上看下来，也仅只是地球表面一个发亮的金色针尖。如果是一颗直径三十厘米的地球仪，针尖戳出的孔洞恐怕都还嫌太大。

火总想燃点一切，可是水就在那里啊。

水就在那里。

不止。

更远方，水无边无际。

*

夜里，庞大的金属结构自海面缓缓划过。鱼群在黑暗中能感觉到低沉的单调震动，充满力量，直接震进体侧的鳞片。那是神灵化身，或者神灵本身，鱼群知道。

震动停止，不久，那里便有金黄的光渐次点起，点在鱼群的眼中。

再透明的水，都无法不折损光。这是悲伤的物理现实。何况是海。为了看得更清楚，鱼群会往光源游得更近一些，为了自己，也为了群体的安全。只是，当它们游近的时候，会发现一面巨大的网也正游过来。水并不邪恶，它们只负责传递，无论谎言或者真理。

这是座潮湿的城。就像世上许多的城一样，城是由水源喂养茁壮的。城里的第一个水道，是跨越广阔大海的佃农们耗尽生命，用木头筑成的渠道。临近的水就代表安定与安逸。随着支线越绵密发散，聚落就越强壮，最终长成了城。这是土褐、水色与翠绿的故事。

城后来经历了更多故事。但是如今，又重新追求安定与安逸。水道的网络又开始蔓延。只是这个时代的水道，里头装的那些透明的存在，都曾经是人。

水并不邪恶，它们只是在那。水在水之中是感觉不到自己的重量的，也不知道自己的存在本身，就正在推挤另一个水。

它们只是汇聚，不知道自己可能成为灾难。况且，其实什么都可以成为灾难。

＊

　　女孩还在读书。一周有两天担任中学生的家教，一天会用来见自己的大提琴老师，一天用来演奏。

　　她刚考到街头艺人证照，正热衷于让自己的演奏感动行人。其实她很希望可以在活过半世纪的老教堂，或者可以看得到木头横梁的日式老建筑里演奏。但这样的空间，城里留存不多。不过女孩也很快就认识到，那些被遗留下来的空间，都是人流未曾经过，才得以幸存。但街头表演需要人流，不用太多人，但至少一首曲目都该有一个听众。清理干净的地下道，或者地铁站出口相较起来是比较合理的选择。

　　这几个月，女孩喜欢演奏巴赫无伴奏大提琴组曲的d小调组曲，BWV1008。女孩喜欢前奏曲跟Sarabande[1]舞曲，是整个无伴奏组曲中最庄严哀伤的两首曲子。大提琴明明就是那么适合以缓慢步调哀伤的乐器，六首无伴奏组曲却只有BWV1008沉浸在那样的状态里。虽然不能说可以完美无缺地重现自己心里的音乐性，但是女孩觉得，她诠释整个d小调组曲的方式，比她听过的所有演奏家录音都还要

---

[1] Sarabande：萨拉班德，一种缓慢庄严、节奏以三拍为主的舞曲。

正确。每条旋律歌唱的方式，延长的感觉，自由发挥的华彩乐段，女孩在自己心里都是细细舔舐过的。女孩反而惊讶于那些知名的演奏家，居然轻易放过某些本来能够无比细腻的瞬间。

在演奏的前一小时，女孩会照着老师指示的练习热身，进入可以让琴身迎合自己的状态。女孩总想，巴赫一定没有亲自拉过自己谱出来的曲子，才会让这么单纯的效果在实践上必须应付如此繁复的指法。

女孩的体力跟精神力，大概只够支撑一小时。但那些快速变换、畸形极限的指形，旋律跨弦时的个性与音色，同时也强迫女孩必须专注在当下的每一个音符。那是一种饱满充实的经验，在每一次违背惯性的升降半音与揉弦之间，女孩觉得自己只要够专注，就能使得自己跟琴变得透明，让自己心里所描绘的，属于这无伴奏 d 小调组曲真正的样貌，传递给这个世界。

虽然绝大多数行人只会听到两个乐句的长度，只有极少数，大概一天只会有一个人，停下来听完其中一首。

火就是其中之一。因为，火的时间很多。因为，火决定让自己的时间很多。

火用软软的手掌鼓掌。

女孩完成组曲的演奏，汗水浸湿白色衬衫。

女孩举起琴弓跟火致意。

女孩知道自己不会拉一辈子琴，但是她无法抗拒这种召唤。偶尔做梦会梦到一些旋律。有些旋律是无法实现的，超出乐器的极限，或者根本违背乐理。但有些可以。"本来可以传出来的旋律，却没有传达出来的话，我就会因寂寞而死。"女孩说。

火喜欢听直率的人谈论死亡，这是某种叛逆命运的标志，对熄灭的挑战。

所有的火都诞生自死亡，也总在葬礼中担任信差。

女孩说的都是实话，但不是所有的实话。女孩很乐于永远这样演奏下去，还有太多曲子，太多旋律，太多细节值得雕琢了，而那一切美好而生动的，都只有在女孩全神贯注的瞬间才得以存在，然后立刻随风消散。这代表有美好的事物是依赖自己存在的，也就是说，当提琴的音箱在她怀中震动，这一瞬间她清澈了。她是她喜爱乐音的源头，只有在这一瞬间，她可以毫无保留地深爱自己，实现爱意的递回结构。在这一瞬间，直抵神圣。

*

　　涂上各种鲜艳的漆，铁的队伍隆隆驶过雨中的街道。整栋公寓都在震动，令火焦虑。火想爆炸。用更大的动能来抗议动能。

　　但不该是现在。火在地板上扭成一团，咬着食指，想。现在这样肯定不会延烧出去的。只有熵会增加，而封闭系统中熵的增加是不可逆的。冷静。冷静。为了火的意志。

　　门铃响了。

　　火立刻弹起来，调整呼吸后，开门。

　　是女孩，捧着脸盆。脸盆里头是一些盥洗用具跟衣服。

　　我把自己的储水用完了，能跟你借水洗澡吗？女孩问。女孩总是湿润的眼里映着火。火盯着女孩的双眼，想把自己看得清楚一些。直到女孩把视线移开，火才想起来该说些话。

　　当然可以，火说。水一直都在那里，我耗不完。

　　女孩跟火隔着浴室的门对话。

　　你在很多人的眼里并不存在。女孩说。因为他们连你的动机都无法想象，就像我一样困惑。你们也不在公民课本里，看起来就更加可疑了。课本里都不教有关火的事，因为在编撰者的立场下看火，火就注定是错误的，所以他们宁可选择不谈。但是吊诡的是，如果不谈论错误的本质，我们又怎么会知道那是错的呢？

火说。正因为他们的怯懦，证明我们拥有存在的缝隙。

我只是讨厌困惑，也讨厌复杂的事情。女孩说。

所以我们才会在街头试着跟大家说明啊。火说。

喔不，我的意思是说，有时候简单的理论或世界观会更有力量。女孩说。在执行层面的效率跟效果，你懂我的意思吗？正因为简单，所以才是更好的。

看起来我们好像置身在和谐的宇宙之外，让一切事情变得复杂。火说。

看起来像是那样。女孩说。

但有时复杂是必要的，总有我们不能无视的细节。我们必须直面复杂性，才有解决问题的希望。

可是我会觉得好烦喔。而且思考也是有成本的。难道没有更有效的方式吗？女孩的声音像是撒娇。

这样的成本跟我们在乎的议题相比，自然是可以接受的吧？当然，前提是，如果那个议题你在乎的话。

假设我在乎好了，也没有一群人思考就会更有效率的说法。女孩问。为什么不能是让少数人进行这样的工作就好呢？

也许我们已经这么做了，但这世界光靠想法是不会被推动的。所以我们必须传递出来。你只需要聆听、判断、行动，这难道还是太困难吗？

在乎的话也许不困难吧？但我都还没开始在乎呢。女孩说。

但你应该在乎，如果你信仰单纯，就会信仰公理。火说。

但我需要安全感。女孩说。

只有资源充足的人才有资格拥有安全感。但有谁的资源可以是真正充足的呢？没有谁真的是，所以一旦我们追求安全感，无常就会把我们变成贪婪的人。

火想，跟女孩的对话如果可以一直持续下去就好了。

人们说火可以永远活下去。但事实正好相反，火比其他任何一种元素都容易消逝。唯有在述说、在沟通的时候，火才能减缓它的焦虑。不然，火很愿意在杂志社或者街头之类的地方，将自己完全燃尽。

火有两种燃尽的形式。

一种是剧烈的爆炸。星火飘零。让零星的火苗飞散到每一个行人的眼中，或指尖。也许就能点燃另一个火。

另一种是，闷熄皮囊内的火。里头那个被不完全燃烧的什么将重新接管这个躯体。一身焦黑地继续行走在人世间。

无论哪一种都太痛苦，也都不会太远。

等城里的雨停，铁就要来了。

在女孩吹干头发之前，火至少要能跟女孩交换彼此死亡的哲学。

以熵的角度来看，生命是一场庞氏骗局。只是混沌命运里的微小旋涡。

火想对抗它。

火想保护飞进学生食堂的麻雀与喜鹊、单车狂飙同时练习声乐的长发少年、在公园长椅上嬉闹的爱侣、在街头腼腆吹肥皂泡泡的中年胖子、伸手探进光里测试温度的老人。

火没有发现的是，它想传递的觉悟，跟它想传递的爱意等重。而它对这座城市的爱意是难以估量的。对火来说最残酷的是，火挤出来时间再多，也永远不会足够让火表明爱意。太执着就像人了，还不如专心燃烧。

*

山脉森林的树木多到，仿佛城里少数人类介意行道树的生死是可笑的。它们单纯生长，等着焚风与野火，等着地层崩裂，然后又在新的裸露土壤扎根。等着动物如人试图驯服它，大量砍伐如屠宰，换上水果槟榔，那些浅嫩的根。山才不在意台风暴雨松动土壤，只有被山迷魅的人才会在意。

白光曝晒，横向穿越森林。

树会在森林里为所有上吊的无家者寄信，捏造签名，寄给可能不存在的家人或爱侣。

火焚烧他们的尸体。如果没有人知道他们的下落，他们就只会是失踪。失踪者不会像死者那样被责备或嘲笑，或者被公开日记。死者会像是失败者，失踪者却像是逸逃者，仿佛握有更多希望。人们轻蔑死者，却钦羡逸逃者。所以这是守护死者尊严最好的方法。

然后总会有新的人，身披白衣入山，在横越头顶的枝干系上绳结。深爱的人们总是把自己葬在山里。

树跟火远远地看着他们消失在树林里，然后排定前去那个地点的时间。

这就是山。

山很大，大到能包围一座城市。

而在山的视野里，悲剧与自己的距离总是太远，无论是援救或悲伤都难以企行。

铁就要来了。

*

树知道自己并不完整，至少不像火以为的那样完整。树愿意构筑，愿意承担痛苦，但树无法反抗。树不知道为什么那些曾浇灌救济它与它的先祖的存在，如今又要来抹消它，美其名曰移植。一旦反抗，树作为树的本质也就死了，但树打从心底以做一棵树为荣，像它的先祖们一样骄傲。如果只是抹消自己的尊严，树可以接受，但是背叛并否定先祖们的信仰，树情感上无法忍受。

树的呼救是被动的呼救。树的生存是被动的生存。

对于如此年轻的火回应了它苍老的呼救，树由衷愧疚。智慧与爱如此廉价，树尽情给予只因为这是它唯一能给予的。

那些被它拾捡回来的，嫁接的幼树。又要无家可归了。

电话铃响。树接起来，是一个一个字断续拼上的，系统语音。

"北部地区，明日降雨几率为零。"

铁就要来了。

*

铁的麻烦之处是,语言基本上对它们没有用处。它们被更巨大的力量与高温反复锻锤而成。它们的存在本身是文明要求的,必然的工具。

铁的傲慢,是因为熵眷顾它们。

熵在于一切之上,所有的意志都是为了反抗它而存在的,但它不介意。因为连最巨大的星系都臣服于它的典律之下。唯有宇宙自身才有机会在它所赐予的结局之间进行选择。

在熵之前,时间只是对等的存在。

它偏爱铁。

如果质子不衰变,而且宇宙不缩不胀够久,那种连黑洞都会蒸发殆尽的久,铁就会成为宇宙的终极命运。

铁寂。

在熵的典律之下,所有的原子终将重新组合或分裂成铁。没有氢氧,没有金银,没有碳。一切的残存的原子都将成为铁,以质能效应来说,能量最低阶的组合。

是的,因为一切皆铁,所以也不会有氧化生锈的弱点了。在永恒的尽头,真正永恒的金属。

铁器的光芒在街道尽头成片浮现，沉重震动像战鼓声响，缓慢迫近如海啸，火伫立在黝黑路面正中央，等待。

火跟熵说话。因它无所不在。

"为何人们知晓您的存在，却又刻意遗忘您？"

熵：因他们知道自己不蒙垂听。

"为何我要诞生在这颗星球，而不是一颗正在燃烧的恒星？"

熵：无序就是我所喜好。人们遗忘我的理由之一，就是我注定不回应，且不改变。

"人们也恨您。"

熵：我乐意承担。这些意志都太微小了。凡人的恨无法太久。我注定不回应，且不改变。恨我无益，你们应当一无挂虑。

"所以人们只能遗忘您，但是遗忘您也没有意义。"

熵：在我之前，宇宙万物一律平等。无论是敬畏我、信仰我、反抗我，都是一样的。我存在，万物终将衰败。你们常在我里面，我也常在你们里面。我是苍白的真理，生命不与我同工。

"那我跟您说话，是为了什么？"

熵：因为你害怕自己那无谓的信心终将被我抵损。你害怕失去，所以主动来向我挑战。你想筛选自己的信仰，像筛选麦子一样。你以为肉体是软弱的，心智与逻辑可以是单纯且坚强的。

"难道不是吗？您掌管的只有物质，形而下的世界。"

熵：是的，但应当记得，心智的运作建立于物质基础之上。

"火不是物质，火是现象。"

熵：是的，作为现象，我们互为表里。你是流落的生，我是承接的死。

"既然您可以代表宇宙各种尺度的死，从银河到原子。我也就可以代表宇宙的生。"

熵：即便你只存在于如此微小的时空？

"即便我只存在于如此微小的时空。"

熵：你想这样信，我应允。但我实在告诉你，我微小的父亲，封闭系统内的热平衡终究是不可逆转的。

"您不是我的孩子。您与宇宙一同诞生，我在乎的世界，于您来说比尘埃更细小。"

熵：但你的确是喂养我的亿兆存在之一。自大霹雳以来的三位一体。喂养我的是我的父，我是子，还有夹在其间生灭，构筑纯净逻辑的存在是灵。我命定物质衰败的命运，末日本身毫无意义，你可以界定那太遥远，让心智拒绝烦忧。但一旦你那么做了,界定权力与意义的责任将会落回到你自己身上。你将与凡人无异,因你将理解凡人。自私只是范围太小的权力与认同,无谓的权力是贪婪,虚浮的认同是滥情愚昧。逃避直觉的悲伤,你的爱恨将不再纯粹——

熵的话语具有震动大地的力量,尘土之中,物质化的命运碾压而来。

火面对命运。

软软的手一扬,大声喝叱。回去!

*

至少今天,城里的雨停了。

女孩在自己租赁的公寓醒来,发现自己通体透明如水。射进窗内的阳光毫无阻碍地在她体内自由折射,天花板波光万顷。她觉得自己一醒来便是完整的,而世界如此宁静透明,仿佛是她的延伸。

女孩伸手在床头柜摸索,想拿手机,却碰落了什么,在地板发出玻璃撞击的清脆声响,没碎,是火昨天塞到她手里的,装在小玻璃罐里的松果。女孩的视线被松果导引到窗上。她突然想知道，这里晴天的景色看起来是什么感觉。

她看到邻近高中的操场上，因为假日所以充斥各种年龄的运动者，其中还有放风筝的孩童，小小规律地移动着，每一个人都像在发光。因为很远很小，所以感觉都很慢，很精细，很值得被爱。

在与女孩等高的地方，有一栋正兴建到一半的楼，钢铁与玻璃正好构筑到女孩住处的高度。女孩感觉到，无论是尚未完成的状态，或者竣工之后，都有某种汹涌的危险，但整个城市都会去试着驯服它。

女孩注意到，街道上有一组工程机械不自然地停在路段正中央，仿佛被某种意外性的原因困住了。

然后那里冒出一阵火光，若不是女孩正凝神细望那里，大概是绝对不会注意到的。与阳光相比，那亮度实在不太明显。能够被视觉辨识，仅是因为那瞬间的不透明。

空调的运转声比过去的任何时候都让女孩安心，规律的背景噪音让一切都像无声宁静。

工程机械的队伍开始继续移动了，它们在下一个巷口转弯。那一带有许多违章建筑，一直是火警事件的隐忧。

女孩感觉到平静与一种无私的爱,对世界此刻的运转如常,与努力维护这透明的所有意志。

她与更多不知名的它们是一体的。

女孩想,如果有任何存在胆敢伤害这份平静,她会赌上生命去保护它。

因为这份觉悟带来的喜悦,女孩也不在街头演奏了。

游戏自黑暗

　　上船之前的事，都已经很模糊了。我不太确定船外世界的样貌，也不太确定什么是船。船为何存在，为何航行，为何将我们禁锢于此？我一无所知。说得更精确一些，其实对于船本身，甚或所谓"船内世界的样貌"，我也算是一无所知。当然，你也可以说我的双眼所见为凭就可以了。嗯，也许还是不行，这端看你是否愿意将黑暗本身视为一种风景。

　　你可能会要求我描述气味，描述肢体的感觉，但这些对我来说已经太困难了。我已不确定我是不是曾拥有嗅觉，或者肢体的感觉，甚或是它们的控制权。也许曾经喜欢或者厌恶，但我现在已经不确定了。我还是能感觉到空气中有强烈的一些什么。当靠近的某人身体已经腐败、变得软烂，我是能感觉到的。但我还拥有的可能只是不完整的嗅觉,那可能跟嗅觉不完全一样了?很抱歉,我的五感经验居然这么经不起描述。

但我知道我会说话,所以我知道我能听。我也知道语言,因为在这里的孩子们所说的语言只有极少数是我能理解的,共用一种语言的多则五六人,少则—— 一人应该不能说是共用吧?

我猜想你刚刚有问我问题,也许现在你又想问我问题。原谅我,我还没有办法做到回答问题之后还能继续述说。一来我可能根本听不到,二来蔓延出去是很容易发生的,因为问题可能太有趣或太无趣。我现在所做的,还是依靠我过去不断重复的同一套练习,状况好的话可以没有任何失误。我的脸上可能看不出什么表情,如果你看得出来的话,可能也会像甲板上那些人那样子把我按在地上猛殴。但这值得骄傲,很少人知道完美地重复,或者完美地回归这种事有多么难。

声音一旦离开就不会回来了,即便是男人的书写也无法完美地令声音回归。对了,我刚刚用了"孩子们"这个词,是因为这个唯一成年个体的存在。

他比黑暗中的其他所有人都年长,也许就跟支配这船的那些人一样年纪,也许他曾是他们其中之一。他的声音沙哑,他的手比任何人都长。他有一支笔。他有几本书，虽然其中有些只是钓鱼线缝串起来的一叠厕纸，我都摸过。

他会在黑暗中书写，这曾经有机会成为我们最巨大游戏的核心元件——不好意思，我想我说得太快了，这实在是很容易犯的错，很有趣，有些错误是练习越多越根深柢固的——总之，他会说我的语言，也会说一些其他孩子们的语言。我不确定他是不是上船之后才学说这些语言的，但他将我的语言使用得非常熟练。至少在我来看是这样，毕竟他教导了我很多词语。教导的形式不是固定的，有些是用声音来描述，有些包含动作，有些以沉寂。

没错，有时候我会以为世界是寂静的，像我们的船，然后会有声音来将它填满，就像我们。但当我被男人以沉寂教导的时候，我的看法就会完全扭转过来，仿佛世界本来就充满了声音，但一些力量用力挤开了它们，像是我们所喝的水或口腔里的泡沫般充满抵抗的力量，有某种存在挤开了声音，于是才得以寂静。

这模型可以直接套用在船上，不过那挤开声音的存在就一点也不抽象。这里不定期会带走一些孩子，也许是交货，也许是丢弃，我不是很确定，带走那些人的同时补入相近的人数。有趣的是，他们似乎有某种标准来挑选离开的人，仿佛依此判定我们作为货品是否成熟，或者我们作为这里的居民是否失格。我不确定真相是哪一个,也许两者都是。

偶尔会有还没进入状况的孩子哭泣或者喊叫。这时候甲板上就会有人下来了。那人会循声找到正在发出情绪性声响的孩子。接下来就不会有太多声音,一些撞击、闷哼、因为强烈撞击至地板压扁肺部硬爆出的一声短嘤。

一切都在黑暗中进行。

如果过几天,那个孩子没有移动或者进食,就可以从那里感觉到腐败的什么。与此同时,甲板上的人就会再度现身把那坨东西拖走。伴随着舱门极微弱的光一闪,甲板——其实这个词是最近才存在的,更早之前我们会用更抽象的词来代替,对应到你们的语言也许可以替换成外边,或者域外?——的人出现,又一闪,甲板上的人与肉身腐败的孩子就都消失了。

舱门开关瞬间的光,微弱到无法辨识任何生者或死者的脸孔。木质地板上有一道道隐隐的拖行痕迹,可以用手摸出那微黏的轮廓,用舌头也舔得出来。只要有耐心的话,就可以摸出或者舔出到底有几道触手自出口蜿蜒而来,就算那些拖痕彼此缠绕重叠都没关系,因为每一道痕迹的味道多少都有微妙的差异。

也因为那些触手,所有的人都知道出口在哪,也都尽力避开那里。

且尽力保持寂静。

但随着时间过去，我也越来越难确定，其他孩子们躲避出口的理由了。也许我们对出口本来就怀抱恐惧。也许我们只是因为语言被剥除，而有模仿彼此的行为趋势。这都难以验证。看，我们又发现到一件事，力量的存在本身就能让一切信仰都暧昧起来。船的力量甚至太足够于让我们以为世界本属寂静，或者让我们以为外面就会有更多的话语。

当然在船上所谓挤开声音的"某种存在"一点也不抽象，甚至有点无趣。幸好这够无趣，这才能成为一切的起点。

我可能无法想象你的世界，或者你的经验，我的记忆总是空洞的、如点的，而且其中不存在时间，这多半是我待在船内的关系，我猜。我猜，你跟我的记忆样貌应该是很不一样的吧？至少不会空洞如点，仿佛点与点之间不存在线连接？

当然船里本来就很难区隔时间，很难有未来，也很难有过去。如果说有什么可以界定时序的先后，那大概是学习这件事本身了。学会一件事前，学会一件事后。

所以我能非常清楚地记得，这是第一件事，没有这件事就没有接下来的一切，也无法诠释接下来的一切。或者事实是，在这之前的一切，就都只是事实，我只能选择记忆与否，感受或者封闭感受。但在这之后，对于记忆与感受我掌握了某种主动的权力。

我知道我从来不是待得最久的人，但我相信我开始学习挣扎的时候，黑暗中汇聚至出口的新添触角已至两三倍于我们这些死小鬼的人数，不需费时辨认，我都能回忆每一个触角主人的关键特征，虽然他们之中的大多数在船里停留的时间都非常非常短，清楚地指认位置，像黑暗的星图，以某种不完整的气味、破碎的抽象形象代替微弱的光线。

这令我不安，或者说生气，这代表船上的成员早就轮替两三轮了。所有人都走了，无论是何种形式，站着行走或软成一团被拖拉着出去，却独只有我（其实还有那角落的男人，不过我不想算进他）一直窝在海上。我的愤怒日渐强烈，我几乎开始怀疑，无法靠岸的是我而不是船，怀疑甲板上的人不想让我离开，怀疑船里的孩子们其实都知道离开或者不能离开的原因，只是他们不告诉我。

当你不知道真相是什么，且无从确认的时候是很幸福的。你只需要从中选择你想相信的就可以了。所以我决定相信我自身就是无法靠岸的存在，相信我是被甲板上的人们选中的人，也相信船内的所有人都知道离开的方法。

我想与我的愤怒和平相处。也许还可以彼此分享食物或者乐趣，透过分享身体与清醒。

不过要让愤怒本身能够具体地表达一些什么倒挺费事。不能让他们以为是我想要表达什么，这样很容易就失焦了。要准确地，不能让人意识到愤怒以外的意图。举例来说，想离开的是我而不是我的愤怒，这点非常重要。如果搞混了，我的愤怒就只会让我自己痛苦，对那样的状态我已十分厌倦。

也许是因为我的真诚相待，我的愤怒在那段时间才得以如此明亮地燃烧，而我在其中却又可以如此清醒。虽说我是依靠自己选择我想相信的真相才让愤怒如此旺盛，但这样的愤怒却仿佛又能指亮真相，一一标记值得延烧之物。黑暗的谜团无穷无尽，但火光总是能快速地（也有可能是暂时地）将它们逼退。明亮的愤怒足以简化世界的外貌，而简单的世界是美好的。所以说嘛，你看，果然信仰总是能带来内在澄澈的喜悦。

我们（我与我的愤怒）一起耐心等待，一个适合我的愤怒的单独发言机会。

我们发现的第一个发言机会，就是主动成为挤开声音的"某种存在"。只要有新来的菜鸟失控发出过量的声音，我就会果断地扑上去，用一切我能想象的办法去啃咬、殴打、伤害他。当然对方多半还是会还击的。在甲板上的人下来查看之前，我会尽我所能成为优势的一方。其他的孩子们都知道接下来会发生的事，所以不会笨到插手。

伴随着微弱的闪光，甲板上的人第一时间见到的，制造出最多声音的人，总会是我。当然说是见到也不对？毕竟船里太暗了，甲板上的人只是循着声音抓一个人而已。

第一次这么做的时候，我隐隐有种感触。那时的我一直期待着可以粗暴地将我拉离黑暗，属于甲板之人的手。我被动地渴望已久，好奇那手的触感已久。甲板之人在我心中的神秘可说源远流长，几乎都要神圣起来。结果我其实是有办法主动接触到的，这办法甚至太简单了。

我的感触倒没有维持太久，因为接下来我也学到简单与容易完全是两码子事。

毕竟甲板之人握的不是我的手，而是我的喉咙。事情发生得很快，脖子的皮肤感到一片冰凉，我才意识到这只巨大的手握住我的喉咙。后脑一阵酸麻，我才感觉到我躺倒在地板上。

那是一双粗糙得像砂纸，冰冷坚硬得像钢铁的手。

暴力的诉求很单纯，就是要你无法闪避你无法接受的事。你会被固定住，无法翻身，那只钳住你喉咙的手让你无法扭头，第一下你会听到自己鼻子软骨碎裂的声音，第二下之后你会听到它们碎得更细的声音。你会相信人的肉体可以成为钢铁，如果你还相信他们是人的话。你的肢体的抽搐会提醒你其实不真正拥有自己的身体。虽然一切都在黑暗之中，但你还是可以感受到重力转移，当对方握住你的一只脚将你高高甩起又摔向地板时，你的体内还是会因为对抗重力而有一阵短暂迷蒙的快感。

岂止是不容易，这完全是无法忍受的。好吧，至少我无法忍受。但也因为这样，这才能不是我的发言，而是我的愤怒。在恍惚的意识与明确的痛楚之间，我对生命的可能性有了全新的体悟，当然，是技术层面的。好一段时间以后，我才搞清楚那个技术背后存在的是什么，还必须发明一个词去代表它。

我不知道我花了多久才回复神志，但我知道我粘在地板上好长一段时间，无法动弹，无法进食。无所谓，船里无味黏稠的食物大概对我的伤没有多少帮助，现在除了我的愤怒，我的脸、我的肢体躯干也在燃烧，头壳里也在肿胀，紧实得像颗熟成的果实。

但在下一次靠岸之前，我的伤终究好得起来。不是完全好了，只是足够去咬打其他的孩子那种程度。而我终究不会在靠岸处下船，所以我的愤怒始终在燃烧。所以在那以后，我就是船里唯一会被殴打的人，我代替了所有终究会下船的白痴菜鸟，被甲板上的人骑在身上，被手摸索出脖子然后紧紧钳住。我的手在挣扎时总是摸不到对方的脸，只有无毛的、筋肉纠结的肢体。这就是甲板上的那些人在我心里的样子，巨大，没有脸，没有毛发，也没有颜色。

我可以摸到我的脸孔在无数次的反复捶扁中也跟着肿胀变形，我们几乎都在黑暗中摸过彼此的脸，唯有我几乎没有五官起伏，跟所有的人都不一样。也许我本来能够回忆更多上船之前的事，但也越来越困难了。用你的话也许该这么说，我正彻底地面目模糊着。

船里的孩子们开始懂得要害怕我了。一些迟疑或者距离，我可以从传递食物的方式感觉到这些。在这以前没人能知道我的存在，或者知道我在船里待了如此之久。但现在我的愤怒成功地证明了自身的存在，而那甚至证明了我的存在。是的，它确实存在。

我的愤怒并未完全满足，毕竟还不能确定甲板上的人们能都接收到它的单纯讯息，不过继续下去总会有机会的。

　　现在,既然我的愤怒不打算,或者没有需要离开船,我就得为它的生命找点乐子。

　　你在黑暗中会用各式各样的方式打发时间,通常是细数各式各样的东西,金属栏杆、箱子、碗、自己的头发或皮肤纹路,我的头发数量范围通常在十二万二千九百五十三根至十三万一千三百六十七根的范围之内,数一遍正好就是一整天,这我数过太多遍了。皮肤皱褶相对少些,但比较耐数,因为即便是同一膝盖,不同的路线或姿势都会有不同的结果,你可以选择手指、膝盖、肛门、阴唇或者阴囊,甚至可以去数别人的。

　　无论如何,这种打发时间的方式不会太有趣,几乎跟睡觉相去不远。对话还是必要的。我过去很努力在沉默,但现在我觉得这没什么意义了,所以也开始试着跟其他人小声对话。

　　所有人都渴望对话,但这里必须保持寂静,或者说我们已经惯于维持这寂静了。加上他们对我的恐惧,很少人愿意回应我,而愿意回应我的那些话语又都是我完全不能理解的。其实也许有懂我的语言的孩子,也许是我自己遗忘了自己的语言,我声带舌头挤出的音节,很有可能不曾存在于人世,也许听起来属于蛀蚀木板的甲虫或章鱼一类的冷血生物。

  当我问完了所有的孩子——其实问的内容没啥意义，大约是"可以数我（你）的头发吗？"一类。如果对方没有回应，就视为默许。我会直接把对方揪倒，用指尖将他们读成一组数字——确认没有人能跟我对话之后，我才找上那位躺在黑暗角落、偶尔发出沙沙细小声响的男人。

  男人的角落在排泄台的对角，那摆放着三个巨大的木箱。每天都能听到他迈着长长步伐前去便溺的脚步声，那脚步是笨拙虚弱的，听得出来他的体重不比我们多多少。

  但男人从不理会我。

  为了确保不在他睡觉时进行，我特意选他在纸上发出沙沙声响时，问了他类似的问题，但只换回沉默。因为不想放弃，我又试着随口丢几个问句或者命令句给他，结果依然沉默。我仿佛感受到男人在黑暗中的视线。

  直到我开始跳着试着伸手捞出男人安置在木箱上的东西时，男人才以沙哑羸弱的音量说，滚。

  我在木箱上摸到了一本册子，也许是书，也许不是，但男人无声无息地起身，并且在黑暗中准确无比地抓住了我的手，轻轻地拿回那册子，然后我才清清楚楚听到了男人说，滚。

在船内的所有人中，唯有这男人才会拒绝我的语言，也唯有他的语言是我唯一能理解的。有时仅仅选择说或不说也可以是种暴力，这是男人给了我的好灵感。

亲自成为挤开声音的"某种存在"有一些额外的方便之处。以现在的状况来说，就是依我自己的意思重新诠释有关声音的规则：只要我自己开始试图与他人交谈，并允许其他人这么做，细碎的语言就会重新充满船里。

我决定，从现在开始，极低音量的交谈是合乎规则的。

我对语言学习可能没什么天赋，一直不能理解其他孩子讲述的内容。其他的孩子大多能有谈话的对象，甚至是在船上学会了对方的语言。（无论是谁去跟黑暗角落的男人交谈，他都能回话，他似乎早就熟悉这船里所有存在的语言了，除了我的，已破碎难辨的语言。依我的判断，男人的确是在船上待得最久的人。）

让众人对话本身并不够有趣，语言毕竟只是基本的工具。

我注视我的欲望，试着搞清楚我所想重现的奇妙体悟。我的愤怒为我带来的微妙喜悦。但思考的过程出乎意料地困难，我发现我找不到一个词来代表它。我盲目尝试了一段时间，最后发现直接给它一个新名字就可以有效改善思考的效率。我甚至发现名字的发音本身就会影响理解的方向，还帮它换了好几种声响组合。

在我的原生语言里，最接近它的词，是"游戏"。

简化之后，我现在的世界观是这样的：语言是为了沟通。沟通是为了规则。而规则是为了我。因为我渴望重现游戏，更多游戏。虽然我还不那么确定游戏是什么。

先说实验之后的结论，如果时间站在你这一边，那么一切都可以成为游戏，没有什么不能玩的。

就像我那对未来无动无衷的愤怒，时间是无法威胁它的，它不在乎理解，不在乎死亡，也不在乎船与黑暗。所以对它来说，一切都可以是游戏。我如果想要取悦它，只需要轻轻推一把就好：在黑暗中那早已过剩、填充一切、巨大无比的时间上轻轻用双手推一把，把它喂入我编写好的简单几行规则之中。只要有办法运行下去，就可以一点一点咬碎时间，而游戏将能嗡嗡运转，如船的引擎隐隐震动一切，在黑暗中航行。

我开始跟所有孩子交换语言，用我破碎扭曲的语言换他们尚算新鲜、带有日光的语言。碗换碗，水换水，手换手，足换足。一个接一个人地换，一个接一个字地换。很多孩子下船了，也有很多新的孩子进来。对这些孩子我又得从头交换起，很多时候我甚至得发明一些声音才有办法继续换下去，太多事物在船外我尚未见过，而有些景象只有在船里无垠的黑暗中才能辨明分毫。有时我忘了上一次的发音，或者对声音本身又有了新的偏好，我就又重新发明一次。反正对新上船的孩子来说，我使用哪种声音是没有差别的。

我发现我的语言在夜复一夜的重述中缓慢变形，越来越适合在黑暗中低语，可以说得非常快速、非常简单，而对方依然可以听得非常清楚。这语言几乎是由气音组合成的，而且可以用各式各样的物体代替发音——当我被甲板上的人打到肢体瘫软无法正常使用时，我还可以用指头摩擦、指甲搔抓地板与指节敲碗的声音跟其他孩子做简单的沟通，试着让他们喂我喝水。

在黑暗中越常使用的概念越趋简单，有时甚至会跟已经少用但是发音单纯的事物直接做交换。渐渐地，与新来孩子的交换变得不对称了起来，当然还是一个字换一个字，但有时对方的字只需要一两个音节，我却需要用到三四个，诸如"爱""我""人""阳光""家"。有时候则相反，不过通常是我用两三个音节对应到对方的语言不存在的字词，例如"张开眼的黑暗与闭上眼的黑暗间的差别""梦境里光的色彩""吃下排泄台附近小虫会生的病"。有时也会因为定义得太细窄而不容易找到对应的字词，例如形容意识清醒状态的十五种词，或船摇晃方式的七种词。甚至为了帮助分类这些孩子们，我也根据面对黑暗的心理状态阶段，使用了六个词分别对应他们。通常六个词都用过的孩子，不久就会下船了。

我还在选择适合描述自己的声音，但渐渐显得没有必要，毕竟所有的孩子都能辨识出我。因为使用的机会太低，我一直只值得分配到最复杂的声音，但也因为不需说出口，用无声便足以代替。在我的语言里，像我这样的人不需存在。

交换语言的游戏我越玩越熟练，我的语言也设计得越来越精炼，交换的效率越来越好，我甚至已经可以在有孩子下船前，对所有新来的孩子尽数教付我的语言。虽然不是所有的字，毕竟有很多东西必须要他们亲自感受过才能用声音指给他们听。基本上我也记不全他们的语言，那些语言在船里显得太复杂，使用起来也太别扭了。但他们基本上已经能与我做简单的交谈了，他们用他们的语言说，而我则用我黑暗的语言说。

也就是说，我能说给所有的孩子们听了，以骨，以肉，以皮，以身外之物。

我可以说得很大声，而不会惊动到甲板上的人。因为他们属于有声的、光明的语言一方。

我说，要开始游戏了——当然，对那时的我来说游戏早就无所不在了。原谅我用这么容易让你迷惑的方式来述说，但对我来说很难避免，毕竟在我的语言里是有更多词来描述你们统一混称为游戏的许多不同概念的。啊，也许我是该悲伤或者沮丧。那些你们都称为游戏的东西明明就完全不一样啊？对不起，我的脸好像也很难呈现情绪——

那些孩子们没有我的愤怒，所以一心只想离开船。这不能怪他们，不过我也没有办法让他们有选择的空间，因为我是唯一的声音，除了我之外没有人能同时跟所有人说话，也没有人能这样大声说话而不引起甲板上的注意。

所以当我说我要游戏的时候，我们就只能开始游戏了。唯一可以拒绝也不需拒绝的人是角落书写的男人，因为我无法与他交换语言，而他似乎也拥有自己的游戏，如果那算是游戏。

我第一次在船上发出游戏这个词，我在肉身的毁灭中恍惚领悟的某种存在。其他孩子们未曾跟我交换这个词，也许船外也不存在完全对应的概念。所以当我说我要游戏的时候，其实所有的孩子只是在等待我解释这个词。在语言的交换过程中，我可以一再重复解释同一个词，而使用完全不同的意思，词越解释越简单，但解释的时间却越花越长。所以我清楚地意识到解释这个词的风险，也许我必须花上超乎我所想象的漫长时间，甚至超越了我们在船里的短暂生命。

根据经验，第一次的解释会是用字最短，概念上也最复杂的。

我打碎我惯用的塑料碗（那碗有孩子说形状摸起来长得跟他家狗在用的一模一样），不够小的碎片用力一片一片折断。折断东西的动作必须保持规律，不然可能会被解读成我的话语。我还找来角落的生锈铁钉，在一些碎片上做了记号。

我已经忘记那次确切的规则是什么了。

也许是条件满足式的，找出头发最少或者肛门皱褶最多的人。或者是几率性的，利用手上碗的碎片当筹码，互相博弈夺取筹码来定胜负。也或者只是帮我找出一种新的声音，让我的语言拥有更多的素材。

规则的最后会决定一个胜者，他将获得我今夜的食物与水，他也必须订立下一次，也就是隔夜的规则，以他当天的食物作为获胜者的奖励。

我本以为我的愚蠢计划会遭遇一些抵抗,但是一切出乎意料地顺利。孩子们沉默、疲倦且不带感情地迎合我的规则。

我们便夜复一夜在黑暗中举行仪式,传递我的碎碗,聆听彼此黑暗的语言,并放任那些声音操弄我们。

这一切似乎发生得太容易了。也许是因为我语言与肉体的暴力。

或者,这本是我们在船里唯一该做的事。

我记得有个女孩,她跟我交换了"舞",因为那也是我未曾见过(也或许是被我遗忘)的事物,怎么样我也无法理解,我示意她指给我看。她做了。我感觉她退离我几步,站了起来,我能从空气的扰动、地板的震动、微微的气息与体温清楚感觉到这些。但接下来的,我就不太能理解了。一些空气的扰动,一些轻轻的踏步,就这些了。只维持一会儿,她就停止了。

我只能请她再重复一次。

她便靠近我,牵我的手,向上施力直到我站起来。站立对我来说已经有点恐怖了,但比不上接下来发生的。也许是迎合船的晃动,我感觉我的重心被她牵引,我的双腿僵硬,只能勉强在最后一刻跨出才不让自己倒下。虽然我挣扎的力量远大于她牵引的力量，迫使她几度放开我的双手，但她并未放弃，一直对我轻声重复一个词。

我很希望她不要用我根本没听过的词指示我，我隐隐知道那是比较难直接描述的什么。我也知道，有时候，面对这些词最好的方法，就是跟随它们的声音，里头常常会有一些线索。女孩在黑暗中对我重复的词，重复的语调是绵长柔软的，词本身的特征也像细沙，覆在身上并不沉重。直到那个词慢慢渗入我的肌肉，将我的恐惧褪尽、关节柔软，可以让我感知并跟随她的时候，她才用她的语言予我肯定。

在我那时的理解，所谓的舞就是放弃挣扎，然后跟随一些什么。而那里头，仿佛也有游戏的存在。

我们没有名字，任何被带进来有声的名字都禁不起在浓重无声的黑暗与无数语言的规则中转译而不溢损。而我黑暗的语言则不适合命名个体。

我们面目模糊，无名，只有（无意义的）对话。

我们在黑暗中跳舞，用黑暗无声的语言歌唱。

孩子们可以清楚记得每一个他们参与的游戏。我不确定他们是否记得特定的谁塑造了什么样的规则、条件、律法，但如果有新来的孩子无意间想出之前就已玩过的游戏时，总会有一些孩子嘶声提醒。如果是规则的主人再度主持同样或者类似的规则，其他孩子就没有任何声音了。

那几乎是孩子们唯一会表示的意见，也许这些游戏对他们来说一点也不重要，但却是他们能在这里记得的。

但对我来说，记忆反而变得更困难了。我无法确认那些游戏究竟是不是曾在我梦中被创造出来，或者那些被嘶声反映的规则是否真的曾执行过。我有时会想起那个跟我交换"舞"的女孩，但已完全不能从孩子们中辨认出她了，也开始怀疑她是不是已经下了船，只是我忘了。或者那只是个随浪摇摆的梦。我的头常被甲板上的人按在地上掼打，某些被改变的东西已经慢慢浮现出来，你也许会认为这只是我的脑袋开始出问题了，但我不这么理解。我只是透过某种机制在观看我的世界，或是透过某种机制"想要"观看我的世界，只是现在这个机制——好吧，你还是可以说那就是我的脑袋——稍稍改变了。

对组成我的某个或某些零件来说，记忆开始不那么重要了。

就像我说过的，学习是船里区隔时序的唯一方法。但也许也可以说，区隔时序是学习的唯一动机，为了证明你还存在，为了证明你还在时间之海航行，所以你才透过学习塑造了一个新的你。

但如果你像我（的愤怒）一样，不需要离开，不在意时间，已经有方法确认自身存在，根本就不需要学习作为手段的时候，你还会焦虑于拥有记忆吗？

我不会。

如果你想听的话，我会说我是完美的。那时被囚禁在船里的，在黑暗里的我正完美地存在着。

而对于记忆的疑惑才是我所需要的，正因为跟我交换"舞"的女孩既可以存在又可以不存在，我才得以拥有更多的世界。选择正是游戏最核心的元素，无法理解选择的人是无法创造游戏的，我可以跟你保证这个。

而且这是很容易满足的，你只需要拥有三重或者四重的选择，你就等于拥有无穷。以我的状况来说，就是新的孩子、新的规则、新的记忆。

你拉远一点来看，就又是一个完美结构：黑暗迫使我创造游戏，而游戏令我顺从黑暗而完美。

在虚实难辨的黑暗之中，我的游戏经验趋向无限，时间亦在梦境、幻想、现实彼此衔接的无限可能中无法度量——

在某些记忆里，我们的游戏仪式皆向不同发展变形，在某些记忆中我们开始彼此伤害，以几率性的条件互赏巴掌，互捏脸颊直到无法忍受，有规则的拳斗，无规则的死斗，再到多对一的狩猎。提出那个狩猎规则的孩子，为了阻绝自己的尖叫把衣服撕成条状，咬在口中绕至后脑牢牢扎紧，在黑暗中尽情跑跳挣扎，因为他同时也规定自己就是猎物。当所有人都跟你一起伤害一个个体的时候，那种感觉很轻盈的，像是永远不能重复的某种庆典。我还记得用手指勾出猎物眼球的激情、踩爆散落地面器官的脚底触觉、将唯一的败者尸体片片肢解分食后残余的骨骸一一敲碎丢入排泄台，送归船外大海后难以言喻的生命存在感。

或者我们开始构筑情感与意识，我们开始练习喂食彼此、练习无声的赞美、吸吮肢体练习跟每个人交媾或者集体同时交媾、练习怀孕、练习辨认与亲吻、练习意识失去才好练习为他人悲伤。我们练习成为群体，练习成为所有人的朋友情侣父女姐弟禁脔或者是自己。练习分裂并争战，在无声掌掴的同时也无声地爱。当然我们也可以触摸对方嘴角练习无声喜悦，触摸对方喉咙练习无声悲伤，触摸对方胸膛练习无声激愤。我们会因为满腔爱意将对方抱起团团旋转，毫无理由地因为对方存在而笑。让耻骨彼此用力冲击直震胸腔脑门，让下体孔穴扩张湿润于被征服者独有的幸福天命。我们可以永无上限地真诚而无后顾之忧，因为规则如此而我们只是顺从。

当然我们也有可能开始辩论游戏本身，开始为我黑暗的语言发明更多字词以协助讨论。我们会为分析选择发明十五种词，为分析游戏性发明一系列技巧与二三四五门理论，我们会规定证明的方法与推论的规则，定期归纳问题并悬赏证明，给予杰出游戏规则设计者荣誉及名号。为了增进发展性也一并考虑教育问题，我们开始更系统性地训练所有人的记忆与表达能力，分享并分析彼此的游戏设计理论、规则发展技巧、形而上游戏观与其延伸的各种抽象主张主义。我们再度修改语言的结构使其更适合表述逻辑与层次复杂的算式，为了避免伤害日常语言的命名空间，我们会在使用这门语言前先做宣告，通知所有孩子接下来的声音该使用哪套语言规则来解码，然后告一段落后，再次宣告切换回一般用途的黑暗语言。当然宣告使用的符号会是两门语言的保留字，该选用哪个音节又是另一场辩论。

这样看来，在某个脉络的记忆里，语言最后成为我们唯一的仪式与游戏也一点都不奇怪。在这些记忆中我们为了述说而找寻议题，为了制造声音而述说，为了找出尚不存在的字而制造声响。而为了找寻值得述说的议题，我们发明了所有我们能执行的游戏。一切情感也因此三重暧昧起来，当我们因为上述一切游戏情境而有感时，我们是为了游戏而有感？还是为了语言而有感？是否我们其实依然无感，是否我们的爱与杀戮与神迹只存在于最后讲述的瞬间？

——看，只要有足够的层次（在我的状况仅仅三层），就等于拥有无限的选择。对于我抗拒记忆的肉身、我的愤怒，游戏如此轻易就接近无穷。等价于无限的经验充盈我的意识，无限的符号任意蔓延联结，绵密沉蕴如海，而我勉强只能清数视野之内的浪花，意识任其冲刷。

即便如此，孩子们还是选择了记忆。我无法确定他们的精神状态，反之大概亦然。只有他们能确实——自我所经历的一切中，指认出哪些规则曾真的执行，哪些细节不曾存在。而对我来说，他们经历了哪一条路线都不奇怪，所以我完全无法确实记得他们任何一人的人格。我反复触摸他们的脸，阅读他们每一寸肌肤，试图直接询问他们的肉体，但除了再次确认对我的恐惧以外徒劳无功。我与其他孩子共同经历了越多，对他们的掌握就越少。

当面貌的可能性趋近于无限的时候，自然也是模糊的。本来对我来说，他们的记忆是无所谓的，他们的记忆不会成为我的记忆,我可以保有我失忆的乐趣。

但那个男人的存在撼动了我本可无限繁衍的经验之海,正因孩子们还是选择了记忆。

在我们的仪式中,角落的男人是不曾存在的。男人拒绝黑暗的语言,在我们黑暗沉默的仪式中,这无异于不存在。男人无法知晓我们之间遵循的规则,没有光线可以让他观察我们血色的杀戮,没有声音可以让他知晓我们静默练习的种种情感,无法自空气中交换的绵长细碎声响解析出我们耐心累积已至庞大瑰丽的知识晶矿。

但男人当初没有拒绝所有的语言,正好相反,除了我黑暗无声且不断变形的语言之外,男人曾接受了一切对话。所以当孩子们用他们原本的语言央求男人将独属于他们的游戏规则记下的时候,男人已无法忽视这些要求。如果只有一两个孩子对他提出这样的要求,男人还可以用各种语言的"滚"来回应。但所有的孩子以各式各样的语言对他提出要求,这在船里就算得上是种压力了,因为孩子们拥有共通的语言也正好将男人排拒其外。

我的语言也终究以它自身的方式迫使男人承认了它的存在。也许在他看来,我所说的一切都将具有强制性,孩子们都会因为对我的恐惧而执行我的命令,对他提出要求,剥夺了他书写的时间甚至珍贵的纸笔耗材。即便我什么都没说，甚至对孩子们的要求感到恐惧。

那些写在纸上的规则，将确确实实地剥夺我对记忆的游戏性。我将能确认哪些规则真的曾经发生，而哪些多半只存于我的脑里的经验之海。

至此我才确认，语言从未神圣，远不如游戏神圣。如果孩子们开始在仪式中崇拜语言，那仅仅只是因为他们屈服于语言的暴力面相。

对黑暗中无脸无名的我们来说，唯一能产生效力的语言是完全无法抗拒的存在。如果剥除了我黑暗的语言，我们在某种意义上甚至不存在。我们将无法游戏，无法经验，无法记忆，也无法被述说。我们被语言恐吓如同我们被生命恐吓。如果说语言拥有自己的生命与意志，那也是游戏给予的。如果孩子们开始崇拜纸与文字，他们也许会放弃对语言进行游戏，放任我设计的语言静静死去，然后与死尸调情。这是对我经验之海的双重伤害，过去与未来。

也许男人也开始害怕我了，也许他以为是我在这背后操弄一切。

但他可能也不知道，他所做的一切也令我害怕。

我与男人隔着孩子们难以揣度的脑与口舌，分居黑暗的两个角落，想象彼此造成的伤害。

在不知道具体的理由的情况下，男人开始教导我。也许是我必须要拥有他的语言，他才有办法在黑暗中呼唤我。也许是我必须要理解他的语言，他才有机会对我提出一些要求。

我也需要他的语言，那时的我希望他停止书写那些规则。但尴尬的是，我也在男人身上感受到更多的游戏的可能性，我渴望获得属于男人与我完整的语言，以获得完美的控制权。如果男人教导我的目的是希望能用他的语言要求我，我就必须多听少说，好诱使男人教我更多。

就在我热衷于学习男人语言的同时，我发现黑暗的语言依然在变形，每隔几日我就会从主持游戏仪式的孩子口中听到一个陌生的词，伴随着新的游戏规则出现。新的游戏开始依赖新发明的词语。或者你也能这样看：游戏本身开始发明词语。总之，我所担心的并未发生，一切充满希望。

也许孩子们彼此之间的关系，在夜复一夜短暂却诚挚的重生与消逝之中，早就超越血亲、友谊、伴侣，难以分辨彼此了。

面目模糊。当孩子们共享了所有的记忆，共同经验了一切。

孩子们共享一切经验，面目模糊，无名，只记得游戏。

游戏甚至开始发明语言，游戏甚至等价于姓名。

现在，游戏已经是确实存在的个体。而我们的肉身与灵魂只有幸运者能附身其上。

下船的孩子将会带着属于他的规则永远消失，唯有拥有规则的孩子，才有机会被船里的孩子们忆起。与此同时，类似你们称为荣耀的词也被发明了，且发音越趋简单。

只要有新的孩子来到船里，我就会教他们舞，我像当初女孩教我那样耐心对待他们，直到再有新的孩子来时，会有其他孩子主动去教他们这件事。我的愤怒需要找到新的证明对象，某种比孩子们、甲板之人还要抽象的存在，黑暗的语言中有个精准的词代表这个对象，在你们的语言里，也许比较接近"当下"。舞是游戏，我才发现游戏本身早已代替愤怒。情绪崩溃的孩子比以前少了，但我该做的还是会做，为了协助我的失忆与游戏，我乐于迎上甲板之人的拳头。

为了避免男人以为我什么都没学会而停止教学，我必须偶尔问男人一个问题。

我问男人，他在做什么？

说谎。他说，然后问。为什么这么问？

我不会回应他，直到他继续教学。光这样的两句话就可以撑很久，直到我们疲倦，或者需要我再丢出一个问题为止。

我依然在苦苦思索关于失忆的种种可能，但夜复一夜的仪式依然在演进中，无可避免地，回忆也成为一种游戏了。

提领个体自身的记忆是所谓回忆，而针对客体侵略性的索取记忆便是对历史追寻。

那夜的规则是，每人说出他们所知船上最古老的游戏。我忍受游戏的进行，忍受我的失忆被填满，忍受我本来无边辽阔的经验之海以末日之姿壮烈蒸散，巨大如神的蒸汽在脑里的宇宙游走，令我虚脱。我的手指不由自主抖动，我的皮肤发痒，口舌剧烈干燥，但我必须忍受，因为这是游戏。

作为创造游戏的人，我清楚知道游戏很容易衍生出不是游戏的东西，也知道一旦你被卷入那些东西里头，就再也无法重来了。游戏之外，或者对立于游戏的地方，不一定是现实，严格来说，这两者根本不是对等的存在。

即便是在我所见证的经验之海里，坏毁的游戏也远多于完整的游戏，有时我还可以感觉我未曾从那里归来。游戏不只是空间，也是一个有机性的个体，与其说你进入了游戏，不如说你让游戏进入了你的身、心、灵。终局或结束并不是游戏的必要元素，甚至可以说，那些终结只是在形式上的，但游戏在你心里是否终结，与外部正在进行的形式毫无关联。

无数的游戏会停驻在你的灵魂，形成一种动态的、无法名之的记忆，这样的记忆远比知识或事件顽强。同样地，当游戏开始剔除你的记忆、世界观、幻想时，也会清除得更深刻彻底。

我知道这一切皆包含于我所定义的游戏，虽然这无助于我的痛苦。

轮到我的时候，我知道只有我有资格讲到最初的仪式，我便说了，我原原本本地重述了我所记得的。我甚至用了古老版本的黑暗语言来说，是的，我在行使语言的暴力。我说，要开始游戏了。

船上已经有很长一段时日不使用这个版本的发音，于是所有的孩子们依然在等待我解释这个词。他们可能不知道，解释这个词必须花上如此漫长，甚至超越了他们在船里的时间。因为无人可质疑，我便是那一夜的胜利者，而隔夜，我作为主持者又以同样的发音重述：开始游戏。

由于理解的人很少，孩子们决定花几夜来讨论如何诠释我的规则。我专心学习男人的语言，任凭孩子们在讨论中为黑暗的语言发明更多词语。因为没有得到我的正面回应，讨论便延续下去了。

黑暗的语言继续在我的掌握之外发展，越来越多陌生的细碎声响漫爬在黑暗的船舱，因为逐渐丧失了意义，对我来说孩子们讨论时互相抛掷的语句越来越接近木板嘎叽声、脚步与呼吸声，这些声音都是容易被船低沉的引擎声吃掉的。

孩子们并未令我失望，他们在黑暗中逐步远去，直到我耳朵也不能触及下一夜的喧腾。

也就是说，我的世界不再有黑暗的语言呢喃，只剩下男人与我完全不成比例的对话。

我所生育的语言残块留在脑中，渐趋黯淡，随着世界对我来说越来越安静，我对世界也越来越安静。少了话语与规则填充，时间突然之间又长了回来，但我不急着用规则把它消磨掉，每一次的游戏应当跟前一次截然不同，不然游戏的灵魂会死去。

在游戏或黑暗的现实，我都学到了很多，甚至太多了。我自以为比任何存在都年老，即便是船或者黑暗本身，也无法比我更老，它们甚至还太年经，因为它们未曾游戏，未曾如我在无穷可能之上航行。也未曾被自己孕育的语言放逐，被自己的游戏毁灭。

想必孩子们依然在黑暗中沉默歌舞，夜复一夜创造、新生、狂欢、死去。

我问男人,他为什么说谎?

我本来以为我说的都是真的,但我错了。他回答,然后问。为什么这么问?

我没理他。

我的游戏在黑暗中可说全然失控,但那依然是在我对游戏想象的范围之内。规则越烦琐,仪式越壮大,就表示孩子们越努力在遵照他们对游戏的想象。他们做得很好,远比我预期的要好太多了。最初发明游戏这个词的人是我,我以为我会在心中感到不满,我以为我有权再次释义,以更漫长的时光来揭示游戏更抽象的定义及更广大的可能性。

但我其实做不到了,在孩子们身上,游戏已经拥有了自己的生命。我唯一能做的释义,就是指给他们看。但黑暗中不存在手指,就算有,我也不知道该指向哪才好。所以我把同一个词丢回空中,希望它能包容一切。

我还记得,游戏是为了我的愤怒而存在,我乐于让它有些消遣,因为它不必下船,黑暗中的一切就是它的生活,无忧的生活必须对抗无趣。最后游戏给了它无穷无尽的可能,那是如此壮丽的存在,要不是我与我的愤怒此刻依然存在,我们可说早已溺死在那片经验之海里。

可是，情感也是会老的。在反复教导那些新上船的孩子跳舞后，我知道我的愤怒已无法针对个体存在，甚至无法拥有对象。也许那已不再是愤怒，也许我们的确溺死在那片经验之海里了。

也许愤怒作为一种情感太单薄太简单，消磨难以避免。在之前无限的游戏里，我与孩子们练习了罪恶，这是需要最多前提的情感之一，你必须要先学会爱与恨，学会群体与孤独，学会期望与贪婪，学会（形而上与形而下的）伤害与宽恕，你才有机会能练习感受罪恶。在游戏中我最擅长犯的罪，是一无所求。

完美是有罪的。完全不需依赖他人，就等于完全不需交易或给予。当你完全不需要证明自身的价值，不索求别人的认同时，群体便会让自己受到形而上的伤害，以便给予你宽恕，这是强迫性质的交易，即使你完全不需要，你还是会得到宽恕，因为宽恕是由群体给予的，罪的标记。

对抗的策略也有不少，例如让群体完全无法宽恕你，或者诱使群体将你除名，等等。但这些都是主动导向操作，换言之，无论如何你都会先感受罪恶，因为宽恕来自你心底对群体的想象，而这想象往往又是你自身的投射。另一个有挑战性的游戏，对吧？

但我暂时不打算改造自己的人格，毕竟情感可以制造动机，有了动机就有更多游戏。在这些游戏都执行之后再来挑战重整人格，对我来说实在是非常自然的选择。

罪恶，这将是第二个以我肉身发言的情感，作为我老去愤怒的继承者，它有希望可以更强韧更难以消磨，陪伴我更长的时间。

要求我进行游戏的罪，是我记忆底层残存的游戏们定的。它们渴望执行，渴望存在，渴望被述说。那是无机质的情感，如同一颗石子渴望落下，但有机与无机只是复杂与否的差别。我确实感受到它们的视角，我无欲无求的完美在那视角下只是目光短浅的傲慢。

即使记忆对我破碎的肉体来说很困难，无法失忆还是令我恐惧，我希望这听起来不会太矛盾。更矛盾的是，因为罪恶感我隐隐渴望能记录我所经验的一切，无论如何，这太难了，流失的速度远远快过阅览记忆的速度，甚至认真回忆的同时，我的记忆就被篡改，本来似乎存在的细节就在你视野外缘自行分解消失。

我想了几种赎罪的可能，最后选择对现在的我来说最遥远的方案，也就是对船外的人叙述我的游戏——没错，就是像你这样的人——这势必是在我完成自男人那里盗取完整（或者堪用）的语言之后才能进行的。是，这会是虔诚的抄录，对男人的语言、我原初的母语，我打算致力于复制与重现，不对其进行游戏。

你问我，这不就是"与死尸调情"嘛？是哪，这才像赎罪。放弃游戏的生命（其实没有听起来那么严重，毕竟以游戏的所有可能性来说，语言本身的游戏只算得上是稀疏体毛的毛尖），臣服于沟通，索求理解及认同。

在多于一局的漫长游戏模型里，如果你不握有多数玩家意志的控制权，相比博弈，诚实才是最佳策略。

男人未曾要我阻止孩子们夜复一夜的索求。

我还是会见到每夜前来索求誊写规则的孩子，他们像是旅行的信鸽自黑暗遥远的边境而来，用他们尚未遗忘的母语向男人轻声叙述，我无法理解他们的原生语言，他们总是孤身出现，以神谕之姿突然现身，耐心复述如同传道，我好奇这一切在男人耳中会是什么样的光景。

我问男人，你现在还能说谎吗？

他没有理我，我只听到誊写的声音。

有时我会怀念那夜复一夜，无法预期的仪式。怀念自由的魔法、柔软的爱侣、无字的文明、血性的厮杀，还有我仍年轻且新鲜的愤怒。我相信男人誊写规则用的是他自己的语言，也就是说，如果我能阅读，我就能知道前一夜他们进行了什么样的游戏。主持过游戏的孩子们都拥有了写满属于自己规则的纸，男人将自己藏于木箱上的册子一页页撕下，用自己的语言写上那些规则。我颤抖的手，无法自制地在黑暗中拂过纸面那些潦草的刻痕。轮到我对孩子们索求历史了，但我希望我无法理解，我希望我能忍住探寻故土现况的欲望。我学习享受这样的矛盾。

男人从船的航程长短逆向猜测我们的船所停驻的每个港口、每座岛、每个国家。男人描述疫病与战争，科技与宗教。其中某些概念还无法在黑暗中重现，仅仅能以符号存在。

完美的重现实在太困难了。有声或无声，有形或无形，我与男人尝试太多种描述方法，我甚至发明了过去在无限的游戏中未曾想过要使用的技术，试在已存有的定义间反复绕行牵引、互相堆叠，但还是有许多词语是我们无法确实定义的。不是我无法领会，就是男人无法满意于自己的呈现。

就像我为了赎罪而试图叙述游戏那样，我隐隐觉得男人对某些事物存有执着，就像他对语言的执着那样。我也知道我们在这些事上是不可能取得共识的，但这也无碍于我们生活的平静。

我想男人知道有关船的一切真相，但我无意探寻，男人选择说什么，不说什么，都隐含了关于他自身的讯息。我等待他将那些讯息说得更完整，我想避免自己的话语干涉那些信息。声音是不可逆的，必须谨慎使用，即便我已将我对男人说出的话压低在最小限度，我仍害怕最后我无法得见男人心智的全貌。我对这样的自己倒是有些意外，我以为我已经够老了，已经在无限的游戏中将各种欲望翻转玩弄得弹性疲乏了，却还是渴望被另一个个体陪伴。一个我无法掌控的玩伴，当存在本身就是游戏，玩伴自然也是仅仅存在便已足够。

我可以从男人摸索箱上书册的声音知道，剩下的纸越来越少了。

每晚我跨越船舱对角前去便溺时，总会触碰到其他孩子的肢体。船的引擎嗡嗡作响，我已经完全听不到他们的语言。无论我对他们做任何事，他们只要触摸到我扭曲变形的肢体或脸，辨识出是我，肢体便也随之放弃抵抗。无论语言或者肢体，我都得不到任何回馈。即使柔软而温暖，孩子们对我来说已无异于黑暗。

努力让自己成为语言的奴隶，搬运者而非创造者。我开始试着对自己述说在船上的一切，有些概念只能用黑暗的语言才有办法运输，对此我早有心理准备。而我射出的语言常脱离我设好的诠释路径随意窜走，为了避免意料之外的诠释，我只得说得非常小声，且无音调起伏。这项任务对我来说还是太过困难，我的背脊甚至因为紧张而直立。不停地失误，不停地修正，有时还会因为新学到的词语可以解决一些技术层面的问题而展开大篇幅的翻修。除了与男人学习、睡眠与进食，剩下的时间我几乎都盘着腿在练习。

我总觉得一旦箱上的书页全数散去，男人不再有可以书写的媒介时，男人就会死。我甚至觉得男人早已死了，只是以幽魂之姿被拘留在船里。又或者，已死的男人是被他未完成的执念或疑惑引至这黑暗的船舱，而那些书册遗稿是他世上仅存的游戏残局，为了摧毁或完成它，男人才存在。

无论如何，我无法想象不在黑暗中发出笔尖与纸面细小摩擦声的男人。男人与他的纸是我在船上的黑暗世界中未曾改变的布景。

我必须趁男人死去之前，完成我构筑的文本。

是的，也许你注意到了，一旦我停止跟男人索求他的语言知识，我能以光明有声的母语述说的也就停止成长了，至少很可能不能说得更清楚。也许我能继续编织下去，也许不能，毕竟在游戏的世界里，意愿即能力，若我已不能更好地叙述我所知道关于游戏的一切，也许我所能为黑暗述说的时间点就这样停在男人死去之前也说不定。

在练习的过程中，我必须想象你在我面前，想象你背着敞开的发光舱门的样子。在你出现之前，先想象你的存在，不然我无法练习。是的，在你来之前，我就已经在与你对话了。我很难清楚说出我对你的情感，但我知道，我需要你的宽恕。因我要求你，先于你的存在。在一遍又一遍对你的形塑中，我甚至能听到你的提问，感受到你的疑惑与好恶。我甚至需要学会无视你的疑问才能继续述说下去，请你原谅。

事实上，我相信你必然会出现。就像我在游戏中曾经历过的，我相信某些魔法真的存在，无论以何种形式，我所说的你都能听到。

我在经验之海、无限的游戏中，曾被魔法带领，穿越船舱来到我的未来。未来的我早已离开了船，生活在有光的世界。

显然我错过了与你会面的瞬间，来到更远处。

我照着神秘的质数周期，定期出门步行到另外六个房间。而在那些房间里，总有我能扮演的角色，我是家族的父亲、公司的伙伴、拓荒的猎手、思想上的仇敌、宗教的传布者，或者游戏中游戏的玩伴。

一离开那些房间，我就回到我初始的状态，那些角色与游戏都温驯有礼地从我身上褪落。

唯一顽固附着身上的，大概就是借由游戏自过去穿越而来的我吧？

未来的我如此纯净透明，像男人所述的，演化于黑暗洞穴或海底的生物。

在质数周期的最后一天，我不需离开我的房间。我坐着玩一个人就能玩的游戏。躺着睡觉。可以的话，我希望我居住的方块可以更小一点，世界可以更小一点的话也很好，但这样想就太贪心了。

某天我将会在绿色的菜田（毫无意义的场景）洒水时偶然见到另一个人，对方手里拿着一张泛黄破碎的纸，因为上面空无一字，所以我能确知他曾是船上囚禁的孩童之一。那张纸空白，是因为男人的笔的墨水早就干涸了，光听笔尖与纸面摩擦的声音就知道。但那些笔尖的潦草刻痕是独一无二的，孩子们在黑暗中，即使完全无法理解男人书写的语言，也能用手摸出每一张规则纸的特征。那样的一张纸，只对船上的孩子们才有意义，不包括我。

如果我在黑暗中，曾拜服于记忆的诱惑，以手去阅读每个孩子自男人手中领得的破碎书页刻痕，也许未来的我就可以从无限广大的世界中一一找出这些孩子，一片一片地将我遗落在黑暗中的记忆拾捡回来。

那个孩子也许可以告诉我，他至今拾捡回多少记忆，触碰了几张被其他孩子拥有的空白规则纸，在无数的岛屿之间的航行多么漫长，搜寻根本没有名字与脸孔的同伴又是多么困难。我们曾在黑暗中熟记对方肉身的一切细节特征，但我们的肉身也早已变形，不需要多长的时间，我们的体味改变、皮肤粗糙、骨骼抽长、牙齿更替、精液与经血浓稠，而我们黑暗的语言早已佚散于光中，我们从来就缺乏共同的语言。

除了手持那张空白的纸，我们根本无从辨认彼此了。而这方法又是如此脆弱，任何人只要手持一张空白的纸，就能仿冒我们。

男人是否直至最后一刻仍在撒谎？如果男人在以无墨之笔誊写的当下是无比虔诚的，他所相信的又会是什么呢？他那时所写的真的是孩子们口述的规则吗？孩子们甚至不知道男人所使用的语言是什么，在船上的漫长航程中唯有我与男人拥有共同的母语。

这本来可以是我们规模最宏大的游戏之一，穷尽我们一生来搜集（或者其实是创造？）我们被强制赋予的集体记忆，也许这就是男人唯一发明的游戏，他生命结束之前想要推动的最后事件。在我来看，无论这个游戏的细节为何，依然只是游戏，不更多也不更少。无法帮助我理解男人对某些词条的莫名执着。

也许当初在船上夜夜游戏的孩子们都像眼前,伫立于绿色田野中那人一样,拿着属于自己的隐形符号,在无限广大的世界游荡,以极低的速率汇集彼此的记忆。

眼前持纸的、曾经的孩子,对生命还有疑惑,如果我们还拥有黑暗的语言,我很乐于再跟他解释一次游戏的定义。在游戏的世界里,我的心智依然成熟,我知道关于创造的艺术,与隐含的危险权力,我可以在理论之间自由穿梭,甚至保护脆弱而珍贵的事物,可以营造美,治愈疾病,安抚死亡。

也许我可以幽禁他,让他陪我再度活在黑暗中,重新构筑我们无所不能的、黑暗的语言。我很乐意反复解释,直到他完全理解我所定义的游戏——我在此刻所感受到的这种情感,有点接近爱不是吗?乐于付出,乐于背负罪恶。

男人所描述的外面世界,允诺更多事物。

我不失望。

那曾经的孩子小心捧着那张空白的纸,依然站在我的面前,仿佛他就是男人游戏的具现,我们注视彼此,等待对方不可能理解的语言。

类似天启的讯息暗示我,我的未来生活就是如此而已,不太漫长的质数周期循环,不断进入游戏,不断离开游戏,然后死去。我将不会再遇到其他曾在船上的孩子、教我舞的女孩,也不会再见到男人。

我不知道那是不是真的,但这无声的预言令我无比完满幸福。

关于游戏,这不会是全部,但我只能说到这样了。我这次还是说得不够好,也许我还有机会再对你重说一次,或者很多次,毕竟完美的回归太难了,这也不是我最喜爱的语言。

谢谢你,愿意听我说完这些,让我有赎罪的机会。虽然这罪是我自己定的,不过也正因为这件事毫无必要可言,你的迎合才显得神圣。

未来的幻象里,我与那人依然注视彼此。不知道会维持多久?我忍不住开始好奇。

我就喜欢这样。

神与神的大卖场

I

小小的我走在房间里。

"有什么愿望呢?"神问。

小小的我还不会说话,在房间里走来走去。

神把手伸进房间里,撕掉我的嘴唇,折掉我的门牙,剪断我的双手。

"哇喔,那看起来挺痛的。"我浮在神旁边,盯着房间里小小的我说。

"是啊,"神说,"看起来。"

神把细长透明的喂食管,穿过窗子,接在小小的我的嘴上。

喂食管正好是被折掉门牙的宽度。

神细心地用透气胶带在小小的我的头上缠绕几圈,固定喂食管。

"耶！搞定！"神很开心。

"你要走了吗？"我问。

"放心啦，它们会幸福的。"神说。

今天天气这么好啊。我目送神在晴朗少云的天空飘远，心里想。

小小的我一开始还会拿头去撞墙。

但墙都软软的。

II

在房间里活着的我。

只是活着。

"有没有什么愿望啊？说来听听？"神每天都问我。

没有。

"说一个嘛。"

那，可不可以不要问了？

"当然可以啊！"神很惊讶，"我看起来有这么不上道吗？"

神把一个东西交到我手上。

那是沙漏。神在里头不停落下。

落下的神难得露出热衷于喜爱事物的表情。

神快漏完的时候,我就把沙漏翻过来。
翻过来。再翻过来。
我有点后悔了。
可以停下来吗?我祈求神。
神没回答。
我站起来,退开几步,不再翻转沙漏。
神静静坐在沙漏底部,但不停止。
我逃去房间角落,把脸塞进墙壁。
神依然不停止。

III

神在我的头上淋油。
我是受膏者,神的弥赛亚。
神用刀背敲碎我的头颅。

在餐桌两端备妥刀叉碗盘,烛光下共进晚餐。
饿的时候,我会吃多一点,给神吃少一些。
不饿的时候,尽量跟神平分。

我的盘子是空的。
神会把我的那份用果汁机打烂,再倒到连着喂食管的漏斗里。

漏斗高挂在餐桌吊灯旁。

我则细心地将神那份工整地切成适合入口的大小，沥干血水之后才放到盘上。

而神用餐巾擦拭嘴角，优雅地。

那份优雅让我纳闷，被神吃掉的那部分自己到哪里去了？

被我吃掉的那部分自己，又都到哪里去了？

也总有吃剩的部分。这些就都倒进河里。

前往河的步行，就是习惯新的身体重心的好机会。

我沿河岸摇晃行走，对自己祷告。

总有一天会吃完的。

总有一天。

IV

神对我展示他灵巧的手指。

然后在我的头颅里塞满软软的棉花。

跟失去的相比，棉花太轻盈。

对头颅里盘旋的思绪来说，棉花又太沉重。

我伸手进去摸索想把棉花取出来。
很痛啊。
一切都粘住了。

V

空气里弥漫着神的味道。
永远不可能习惯或忽视的味道。
打开或关上窗户都没有用。
嗅闻房间里的每个角落,都差不多。
是我自己发出来的味道吗?
嗅闻自己,也差不多。
是棉花发出来的味道吗?
我无法确认。

象就这样被看到了。
能把鼻子伸进耳里,那就是象。
那是象的权柄,不是我的。
我只能妒恨象。
妒恨所有反映我欲望的造物。
神把它们放在窗前。

好像房间以外都是方舟。

VI

棉花开始有自己的喜好。
它跟神一样嗜血。
也像神一样对苦难无动于衷。
我也对棉花祷告。

(请借过。)
(能不能借过一下?)
(拜托,请借过。)
(求求你,请借过。)
(噢,求求您,请借过。我真的,真的有要紧的事得过去……)

有时棉花会给我开一条通道,前往完全错误的方向。
像神一样幽默。

VII

穿过长长柔软的纯白通道,进入一座迷宫。

无数蜿蜒的房间。

百慕大转运站。

一个世界。

一座博物馆。

更华美的迷宫或者巨型购物中心。

在购物中心打开商品目录。觉得远离了神。

我试着用最小的声音呼唤。

神还是出现了。

神手上有很多本旅游手册。

"如果想在世上留下两年左右的痕迹的话,推荐 μ 路线喔!"

神很热心地为我介绍我的所在位置、最近的热门景点、各种需求面向的交通路线。

两年。

"落在 95% 的信赖区间。"神说。

神把旅游手册塞到我手里。

我展开地图,紧抿嘴唇,试着往手册没有描述到的区域探索。

但那里景色单调荒凉。

被所有繁华包围的荒凉。

耐心是属于人的。

神是永恒。

我在棉花里耗尽了耐心。
沿着喂食管,回到永恒的房间。

VIII

神捏着针,无所不能地,在针尖上跳舞。
我不想当一个虚无主义者了。
"就跟你推荐 μ 路线啦。"神说。
什么是 μ 路线?
"推荐 μ 路线。真心不骗啦!"神说。
我已经没有任何耐心了。
我点头。

神将针插进我的眼球。
神摘下眼球。

我看不到神了。
也看不到苍白的房间。
但我看到了城市的街景。

在城市的视野内。

喂一条狗。当一个好职员。夜里扔石砸破窗子。

在列车上扮演哥伦布,到站前展开大屠杀。

耐心喂养街上偶遇的孤魂。

都有人注视。

都可以留下痕迹。

充满意义。

IX

在公寓里回想从学校到公司的一切经历。

纳闷这一切时间都到哪里去了。

我是在何时被劫持到房间,又是在何时离开。

也许我未曾离开。

只是失去了嘴、双手、一些脑与眼睛以后,城市就会填补进来。

X

神在商店街上,向所有人微笑招手。

没有人理他。

花衬衫。塑料太阳眼镜。七分裤。

神踩着轻巧的步伐混进人群。

XI

肚子上长出了白皙柔嫩的小手。
去刺激它的话,它会盲目挥动。
我用美工刀在它的臂上划一道浅浅的伤口。
它一开始还不确定发生了什么事。
艳红的血慢慢渗出。
手开始激烈挣扎,但我没有感觉。
"那我就是你的神了。"等手静下来后,我对它说。
手没有耳朵,对我说的话也没有反应。
我觉得寂寞。
我在手臂上划另一道细长的伤口,看它激烈挣扎。

XII

把它的尸体丢出窗外。
听底下愤怒的车声呼啸而过。
我想成为一个比较不残暴的神。但好难。
结果我并不是一个比较不残暴的神。

代跋·骆以军
小说家与小说家的大卖场

神把一个东西交到我手上。

那是沙漏。神在里头不停落下。

落下的神难得露出热衷于喜爱事物的表情。

神快漏完的时候,我就把沙漏翻过来。

翻过来。再翻过来。

我有点后悔了。

可以停下来吗?我祈求神。

神没回答。

我站起来,退开几步,不再翻转沙漏。

神静静坐在沙漏底部,但不停止。

——《神与神的大卖场》

这种古怪、恐怖,将我年轻时读加缪《西西弗斯的神话》的体验,以短短两千字,转变成一个透明、果冻状、与神共进晚餐(吃的是这个"我"的身体)的时空,神就像所有投诉电话那端客服,只会简单空洞的提问,这位年轻小说家具有对"荒谬"这件事,奇异的原创力。"我"在神之中,时间似乎还未被创造,在那个压扁、什么都还没展开的"反空间"里,神所展现的恐怖,正是想象力的贫乏。神只能跟他唯一的这个造物,想一些极弱智的乐子(在这些描述里,又不带特写、不感觉痛,都是卡夫卡《在流放地》式的虐刑),但这个预言最后,又以这样极简、甜甜圈的形式,完成一个"层级创造/层级剥削"的俄罗斯娃娃叠套,"我"又在某种同样单调贫乏的状态中,发现自己在极小范畴内,也是个神,于是重复虐待那被造物以排遣无聊。

试想,这样的一段情节,做成动画,是多么惊人的空间、景观,慑人的天才光芒?

一

这是我读李奕樵这些短篇的感慨:突如其来,自由界面，能震撼我们所在，卡夫卡之后近百年的这个世界。原创的（这是重点，再说一次：原创的），像吹泡泡的"吹梦巨人"，这些独立的短篇，正创造出这个当代充斥资本主义、全球化秩序、好莱坞电影中星际航行像我们只是还没上旅游网订票、还没去某个城市某间旅馆 check in，比卡尔维诺的"错缠交织的网络"更无限辽阔，珊瑚礁聚落 n 次方的社群感："我到底在这个庞大到不行的群类的哪个比例尺的哪一处标点？"事实上，这种每一处细节，都在兑换、交易、传输、数据化、拟像化，最重口味的文学、哲学，完全可以存放在电子书的云端。"我们还能写怎样的小说？"如果卡夫卡的土地测量员是二十世纪的堂吉诃德，卡尔维诺的二十世纪版本的命运交织的电影院，是书写中不断延异的人物、身世、关系网络、满眼洒落的细节、隐喻……我们要怎么写，能让一百年后的读者拿到，读了后，充满感悟地说："啊，没错，这就是二十一世纪最初二十年，那时人们生命的状态的小说。"怎么表现"创造同时在复制的大骰轮机中翻滚"？怎么表现"最高级的演化智慧藏在整片单细胞海洋的潮流里"？契诃夫、陀思妥耶夫斯基，乃至伯格曼的高蹈人类生命的辩论，其场景不是某将军某伯爵家的客厅，而可能是某个小实验室，泡面碗烟灰缸旁的电脑键盘里面?《红楼梦》的少年少女对未来命运的悲感,乃至较大范畴的人际错综之体会,对于美的极致疯魔感受性,其实在一种多维魔术方块的旋转拆解手法下,仍可以展演?可能可以在《魔兽争霸》的断代史中,找到这个时代的《战争与和平》或《伊利亚特》?

这种震撼感可能近似前两年,我看英国的《黑镜》影集,说是影集,其实每一集都是一个创造力爆炸的现代故事。人脑的侵入性可重播、停格,甚至修改记忆档;美丽新世界式的蜂巢密式的网民和选秀节目上的"另一种人生";游乐园恐怖屋其实是永劫回归的无限重播;养老院的瘫痪老人可以进入大脑大库存,永恒地活在一其实是电脑虚拟的,片场般怀旧的美好世界……每一种伦理的边界,以前被认为是渎神的、恐怖的心灵放逐,其实我们早在这个上面、下面、里面、外面,全部都戳破界面之膜里,爱、伤害、控制、交出自由意志、歧视、扮戏。这些古典伦理感知,只是像培养皿的悬浮液不同数据成分,我们像鞭毛虫、草履虫在其中漂浮,碰撞其他个体。现在的说故事人,有没有意识到张口、动指,要启动的故事,已经无可逆反地要进入这样的,空间的变形?

一

《另一个男人的梦境重建工程》，故事的起手式让人想到卡洛斯·富恩特斯的《奥拉》：一位年轻的历史学家，应一位死去老将军之遗孀请托，进入老人书房整理混杂的日记、手札、书信，要帮老人重建一本传记，没想到陷入老人和老妇的一个耽美而与恶魔交易的爱情秘密里。富恩特斯这个迷离的"重返时光之初"的魔术，其实是一种博尔赫斯式的雄辩，年轻的历史学者，透过对于手中破碎证物的着魔，混乱了禁锢的时间之墙，破碎的遗骸可以重组成历史的前身，即"活生生的当时"，变成那个被他撰写的传记主。但李奕樵将之转为"科学怪人"版，变成年轻的电脑工程师，答应那个遗孀，替老人重建生前的梦境——而这个老人在过世前，已因大脑语言区受损，无法言说或表情达意。他将《奥拉》中那女人想青春永驻的入魔之途，改写成了"量子芝诺效应"——到了量子芝诺效应，当我们对某个微型物体的变化进行观测，在最长最密集的观测之下，将可以使被观测物静止下来，即便是光也不例外，这真是恐怖的小说拆解。历史、日记、最隐秘的所在、无人能窥知的梦境，这真是伦理与科幻坐对加码的难度飙高啊。当然我们已有过《黑镜》《盗梦侦探》，乃至《源代码》那个死后脑波暂存，不断重临行驶火车爆炸前的八分钟，一个死去之人，残余的身体量子态，如何投影成"那个不为人知，隐蔽的所在"，天才科幻小说家多有幻技。而李奕樵以原子力显微镜的原理，移形换渡成"对梦境之外，这个身体，与环境、空间，最细微的物理感知的残余感"，作为梦的捕风捉影。一种科幻小说对最尖端量子物理学的量子态猜测，可以变成写实的人类演剧：

固定探针的赛璐珞片是我用美工刀削下的。激光光源固定在结构的外框架。激光打到赛璐珞片的背面，在反射的路径上安置判定赛璐珞片弯曲程度的感光元件，然后用马达跟齿轮组等机械零件制作移动扫描样本的平台。透过机器逻辑的单晶片程式的撰写，让平台载着样本，以极小极慢的速度，一个一个点移动样本接近赛璐珞片下的那根探针。当样本接近到离探针仅有数纳米的时候，赛璐珞片的震动就会被探针与样本间的范德华力干扰。像这样把一个点采集到的高度数据回传给外部的作业系统做记录，就能慢慢地把物件的微观形状给组合出来。

这可是挑战海德格尔的《存在与时间》，每一个近乎静止的，像忍住打喷嚏之前的"瞬刻此在"，在一种熠熠发光的博物馆陈列大型动物骨骼标本的状态，但怎么可能将这些死寂静止态，哗啦成流动时间飞行之箭矢呢？年轻的造梦工程师，为了拟造出老人梦中爱恋妻子的形态，他们在梦之外真的性交了。李奕樵的滑稽、荒诞喜剧的天才，在此又充分展露。不只这篇，这本书其他篇皆给予像我这样的读者，可能第一次听的科学理论术语，但那近乎当年爱因斯坦和玻尔，那经典的量子力学大辩论——"爱因斯坦的光子盒"——关于"观测"这件事的层层颠倒、否证虚实。这个将富恩特斯《奥拉》变异得难度更高的，"死后的梦境猜想"，把包括 EPR 实验，种种由海森堡"测不准原理"延异的，关于观测主体与客体的错放、辩诘、找出设计错漏，全跑了一轮。请注意，在他将之变成束手无策的荒谬色情剧场后，把这个故事剥皮翻转了。在各种繁复、假想、层层外加的实验（天啊，这整个像是二十世纪那些剧场天才的各种可能的即兴创造），拉了一个弧圈回到最古典时刻的"双缝实验"。那么美、那么沉静地进入"因为懂得，所以慈悲"？很妙的是，这位"影子情人"，为了勘探老人梦境，让自己扮演老人，慢慢"面具变成脸"，沉入那老人游向死亡的沉静无语之海。这个情节逻辑，最后竟和《奥拉》没有相悖！

一

《猫箱》这较短的一篇，它像是每一个束装上阵的小说终极战士，"登大人"前通常会有的一个签名式。我们在奈保尔、马尔克斯、舒尔茨，甚至黄锦树、童伟格，这些冷硬派小说家笔下都会看到这种一闪而逝，模糊、感伤的签名式，甚至到中年、晚年，这种孺慕和哀念还是会持续出现。一个解体的家，跑掉的不在场母亲、失智年老而终离家死在公园的祖母、颓败故障的父亲，过度早熟，形成一种自主成长，一种轻微晕眩的，不那么快乐的，"我是从那样的车间被拼装上路"。严格意义上它也没企图将之布展成王文兴《家变》这样的小说，或是森田芳光《家族游戏》这样的窄光圈观测，那可能梳理了作者，一种避免伤害、过度激情，故而观测习惯都带着一种疏离冷淡的薄光。《火活在潮湿的城》则是另一种作者的签名式，放在这批强大繁复的小说舰体之间，有点太过柔弱、梦幻，可能标题本身就是已完成了的一首诗。这种童话寓言，我不知道，或许是在铅笔素描，这代年轻人这些年，某些社会运动的愤怒、无力，或平视同侪的内向纯净仪式。或许很多年后，这位作者重看自己的这本最初小说集，还是会对这篇充满柔情吧？

一

作者的疏离，像细金属丝的荧光水母细微摆动的新人类勘测，硬蕊地展现于 Shell 这篇，我先引一段小说中对 Shell 的解释：

不，不存在 shell 这个指令。好吧，至少真正实作出来的程式不会直接用这个名字。shell 是壳，是作业系统里的一种概念，它被叫作壳的理由是因为它是'包装'其他抽象存在的东西，也就是界面。精确点来说，你现在见到的 shell 形式是 command-line interface，指令行界面，与此相对还有其他形式的 shell，像是图形化界面也是一种 shell。封装在软件世界的各个层级都存在，但习惯上只有为最终使用者封装的，最外层的那一部分，我们才称为 shell。

"那如果没有 shell 的话呢？"

喔，这真的是个假设性的问题。不过你可以想象，荧幕还是荧幕，键盘还是键盘，那些程式也都还好端端地躺在硬碟里面。不过你就是啥事都不能做了，甚至连关机都办不到。你可以敲键盘，但是就算打一万个字，系统还是什么都听不到，半个字母都听不到。也许它冰冷空荡地等待，也或许它正在一个错误的回圈里疯狂燃烧它自己的所有资源。但它听不到。

这当然是一篇关于《魔兽争霸》的断代史，简略地说，有两个世界：一个是"我"和同伴们所在的现实世界，另一个是关于《魔兽争霸》内部的，自成传奇、经典决战的那个世界。"man shell"是一个黑客传说，有一个资讯工程师偷偷在某个作业系统的发行版本内塞了一份不存在软件的使用说明书。某些部分，我把这篇小说读成一个雕刻的故事，雕刻师运刀凿刺着大石凹错的各方位，晦涩藏在其中的，那要被浮现的核心，随着各种不同的形态变幻，不断改变着我们对将要浮凸之物的想象：是裸女？死去父亲的脸？一把凶器？或外星人曾留下的某幅他们文明的景观？凭良心说，这篇小说作为迷雾森林的种种极专业的程式语言，黑客间的破译选择的讨论，我几乎全看不懂，但随着他旋转几种不同轨道的各面向切换，层层剥凿，"人心秘境"像有亿万数据盘桓蜷缩其中的峡谷，这层透冻石面还没完成，我却隐约又见埋在下一层的，故事的不同形态。最终秘密的核心，如 shell 所指，在于外壳、界面。小说不断累积的身世、隐藏的秘密，造成读者带着推理情感，也跟着他仿佛手指在程式沼泽掏挖、快弦乱拨，最后的结果却那么美，出人意表的一个压抑极深的爱。像拆解电脑的外壳和组装，我想这年轻小说家的小说资产，就在于他可以虚空雕刻，造成不同界面的任意跃迁，像雕刻师运用不同概念的圆雕、透雕、深浮雕、浅浮雕、薄意雕，形成一种错落，叠视的眼花缭乱。而他所活在其中的世界，其实已是在铺天盖地的网络世界，进行"一切有为法，如梦幻泡影"的寂寞雕塑。这很妙，他可以铺开一层层以抽象概念成立的膜，让他的人物在不同的膜世界任意跳跃，像《盗梦侦探》一样，然后辩诘出这一叠卷起的界面膜只是一个谎言。

一

《无君无父的城邦》这篇，我只有一个感觉："这太像玛格丽特·阿特伍德了。"我很难说清那种感觉,事实上,若是出版社出了这一篇,然后说是玛格丽特·阿特伍德的旧作,或新作,我想任何人读了,都不会怀疑。我自己跑了一轮这种惊异感、困惑感,我不知道这是好还是不好?事实上,作为一个写小说至少摸索快三十年的老师傅,我知道这有多难!但这是放在其他篇科幻小说之群里面,所以这位年轻作者是带着调皮微笑,拿出草笛吹一遍那个"末世科幻老女王"的经典曲律:"没错,那就是她!"这种恐怖的拟仿,也许是其他篇科幻,反复出现的高阶诡戏:在一个从基因图谱、AI、精微的反馈投影可以重造梦、可以像橡皮糖融化游进神在创造时刻的内里,可以透过变形、面具、粒子态的重组拟态,可以如《黑镜》那样有所谓人类亿万头脑的记忆储存云端,由机器人管理——那有什么理由不能这么说:只要按下某个名字按钮,会掉下一罐完全就是那些二十世纪大师,完全如他们亲笔写的小说。有什么不可能?这年轻小说家就展示给我们看了。"这是真的。"而他不是炫技,但我不能明白他是从怎样的路径达到的?阿特伍德绝技的阴性统治神话、和现在的世界秩序偏斜一点点的另个科幻的历史、父的暴力、我与另一个他者之间的换穿、充满维多利亚风格的抒情呢喃调、被强暴过后的女神重建的洁癖新世界，仿佛在现在熟悉的二十一世纪你所在之处的街景，但又像是希腊罗马时代的城邦街廓，像宫崎骏动画里那些细节被消去的古欧洲市集……完美的大回圈、安卓珍尼、克莱因、神秘的教谕、繁殖所带来的暴力的终止。戏剧的高潮（那个假扮成姐妹但太阴性的生错性别者，被绷带缠绑着穿过平交道，迎来熟悉的街民的近距离的身体接触，撕去扮装的破片），那么动人，那么美，这种恐怖奇特的女高音飙演，让我骇异而几乎落泪。它在无懈可击、古典赋格的演奏同时，轻轻敲着玻璃杯的外沿："请注意喔，这是在二十一世纪喔。"程式设计师摆下的迷阵，其内层层封锁的"最里面的盒子"固然重要，但还可以有余裕，演示将电脑电线剪断，拆卸起电脑的不同金属构成，在记忆体演算的物理框限之外的拥抱，那么窄的波，作者在那隐秘之处签名。这时你又会想起，最开头，神与神的大卖场，那个桀桀怪笑，快乐的笑，在创造（神耶，神的等级耶）的声带上玩的古怪的小玩笑。

一

《游戏自黑暗》恰像是《神与神的大卖场》的"繁版"，

剧场空间从创造之初（或宇宙大爆炸之前？）蒙鸿不知所之的房间，成了好像是漫长航行的宇宙飞船。"这个船舱里，不定期会带走一些孩子，也许是交货，也许是丢弃，我不是很确定，带走那些人的同时补入相近的人数。"所以孩子们像是犬只繁殖场的批量交易幼犬、奴隶，或是奥斯威辛集中营意象？石黑一雄《别让我走》的器官复制少年？这是资本主义流水线，最沉静但剥夺人类感的，隐晦幽微难以被描出的空间。

偶尔会有还没进入状况的孩子哭泣或者喊叫。这时候甲板上就会有人下来了。那人会循声找到正在发出情绪性声响的孩子。接下来就不会有太多声音，一些撞击、闷哼、因为强烈撞击至地板压扁肺部硬爆出的一声短嘤。

李奕樵所虚拟宛真的空间，都是饱含着各种像凡·高画中颜色，或张爱玲神经质的人情敏感，那样的伦理性。神的房间、阴性家族统治者的街、替死者重造梦的实验室，全是"伦理的参数像调酒师把不同的基础烈酒，混摇在一起"。那几乎无法是古典时光里的人，有可以掌握的教养、尊严、对他人的暴力攻击的反应。事实上我们这个世界,不就已有"深网"的存在?器官买卖、买凶杀人、买卖绑架女人为性奴、国家情报局追捕的黑客、毒品军火买卖都只是小 CASE……在他的小说中的主人公,通常因为要面对这种"百感四处涌出"的暴力、创造者给予的乖异伦理颠倒,会形成一种感觉钝化,放弃反抗,狐疑下一瞬那喜怒难测的绝对权力者,又会丢出什么难题。这种"卡夫卡式的主人公",我会充满感情地想起童伟格小说中,那背负了太庞大时间繁瓣与死者像要活回来的柔和心思,所以像失聪者那样的废人、无害的人;或者伊格言《噬梦人》中,那由伪基百科如鱼鳞覆盖,一种巴洛克风抒情感暴涨,水草塞进眼耳鼻口的遁逃者;或是徐誉诚《紫花》里的万花筒写轮眼吸毒者。这样的人物,回应着存在处境的难题,进行伯格曼式、陀思妥耶夫斯基式、卡夫卡式,或《儒林外史》式的,思索一下于是慢几秒的反应,这便判定这是不是个"好小说家"吹出梦境,他所要在其中,艰难反证他的时代的感觉。

看看这段话,几乎可以作为这本小说集,那难中之难,其中的对于他的小说(或追索这个分崩离析的世界,所有的空间创造论)的启动(源代码)意识:

我猜想你刚刚有问我问题，也许现在你又想问我问题。原谅我，我还没有办法做到回答问题之后还能继续述说。一来我可能根本听不到，二来蔓延出去是很容易发生的，因为问题可能太有趣或太无趣。我现在所做的，还是依靠我过去不断重复的同一套练习，状况好的话可以没有任何失误。我的脸上可能看不出什么表情，如果你看得出来的话，可能也会像甲板上那些人那样子把我按在地上猛殴。但这值得骄傲，很少人知道完美地重复，或者完美地回归这种事有多么难。

在黑暗无光的船舱内，这个"我"和那些批辆运来又运走的孩子们，玩起"发明字词"的游戏，这种打发时间——《等待戈多》中，那两个人物，在永恒的废等待中，想出各种无异议、白痴的小把戏，来消耗那个，后来台下观众都已知道这是最恐怖、悲哀，也等同人类的恐怖悲哀的，"他们等候的那人，永远不会来"——《游戏自黑暗》的这个"我"，和那些孩子玩数头发、数肛门褶数，后来有个女孩教会了他跳舞；或者，在那样的黑暗航行中，他们果然互相伤害（这已是这位小说家的凝视主题），然后"练习"，练习交媾，练习成为群体，游戏发展成为辩论游戏本身，于是必须发明更多的字词以供抽象的分析使用,"我们发明了所有我们能执行的游戏"(这里我不一一复述他那眼花缭乱的,游戏的繁殖机器)。之后这种在重力极大的黑暗中,抵抗空无的游戏,像是进入德里达的语言学海洋。

与这本书其他篇小说相同,李奕樵的小说是由"小说之外的零件"组成,也就是说,描述他的每个故事的词,几乎都是他另外发明的某个形状怪异的物件、词后面的解释名词,譬如他那些程式语言,这些原本功能并不是拿来陈述故事。就像你不会拿一个小婴孩来当手机通话,反之亦是,但李奕樵的小说全是这样的装置。这篇《游戏自黑暗》,恰正后设地描写这种,每个字词是从最初始创造,但它们可能已是从维基百科、奇摩拍卖、某件怪异形状的机械手指、裸女烟嘴、似曾相识的丢弃电影海报而来,它们不是乌托邦或鲁滨逊,而是一种资本主义社会用过即弃的,或维勒贝克那种大灭绝之后的残余或落单者。每个字词从历史之外的这个空洞之境,从他们的游戏产生,可能无法延展过长的记忆,而以身体经验了某些字词已颇复杂的学习感悟者,又将在某一站被带走。"我"是这些游戏与字词的发明者、倡议者,而船舱内有另一个男人,沉默阴鸷,则似乎是拿着干枯无墨之笔,在纸上记录更长时间

（历史？）的角色。但可能这个似乎一直坐在暗影中，惘惘的存在的记录，如男人所说，"只是说谎"。这种海洋里的单细胞菌藻，过短基因段朝生暮死的，短短的某一时间括弧，但又是那么真实的爱、依偎、群体、伤害、对真理煞有其事的争辩……这又像是网络、脸书、帖子，每页如荧光海（海面上大批荧光菌）令人目眩神迷地明灭着。回到电影《源代码》那无数次回去，"爆炸死灭前的一列车乘客的八分钟"，李奕樵是否也是某一瞬刻，进入这个网络世界如量子态，可以微观但无法形成时间记录，泡去了另一边的，弦的振跳？那个无垠的黑暗里，他发明了这些剥除了社会错繁记忆的，某种"单子人""器官人""孩子"，他们以游戏和练习的形式，本能重启描述情感的词语，但因为这个独立而出的航程，给那些参与游戏练习的孩子生命周期太短，都像流产胚胎被不成形流掉。所以这些发明便如此虚无、透明，如果冻、露珠、蛛丝，这是这个小说给人的悲哀恐怖之感。

一

这样的一个天才小说集的出现，给台湾的小说什么样的启示：我们不仅不是跑得太远，反而是跑得不够远！当我如今想回奏关于小说的高阶乐谱时，还是得拍拍灰尘拿出老博尔赫斯、老巴思，小说的读者无痛感地被贫乏的想象力吃着，小说塌缩成小说自身，不再思索曾经前辈们对世界变化的激动思索。于是"小说家和小说家的大卖场"，不再需要"一个筋斗十万八千里，连续翻滚到天外天"的神奇，而李奕樵，这个我本来陌生的名字，让我看见了那个神奇。

图书在版编目（CIP）数据

游戏自黑暗 / 李奕樵著 . -- 北京：九州出版社，2025.2. -- ISBN 978-7-5225-3446-6

Ⅰ . I247.7

中国国家版本馆 CIP 数据核字第 2024X8G223 号

著作权合同登记号　图字：01-2021-3056
游戏自黑暗 © 2017 李奕樵
本中文简体字版由宝瓶文化事业股份有限公司授权在中国大陆独家出版

游戏自黑暗

作　　者	李奕樵 著	
责任编辑	陈丹青	
出版发行	九州出版社	
地　　址	北京市西城区阜外大街甲 35 号（100037）	
发行电话	（010）68992190/3/5/6	
网　　址	www.jiuzhoupress.com	
印　　刷	嘉业印刷（天津）有限公司	
开　　本	880 毫米 × 1194 毫米　32 开	
印　　张	7	
字　　数	117 千字	
版　　次	2025 年 2 月第 1 版	
印　　次	2025 年 2 月第 1 次印刷	
书　　号	ISBN 978-7-5225-3446-6	
定　　价	48.00 元	

★ 版权所有 侵权必究 ★